回憶中的

香港味道 3

何故——著

陳明——插畫

回憶中的香港味道　目錄

序幕

超時空「美食之旅」

今次作業的主題，實在令人費解，竟然是「回憶中的香港味道」。「香港味道」，一個既熟悉，又陌生的名詞，卻對我一種莫名其妙的魔力，令人充滿遐想。

我很努力搜集資料，並非只是為了拿取高分，而是有種無從解釋的「飢餓感」。對於知識的「飢餓感」。對於歷史的「飢餓感」。對於「香港味道」的「飢餓感」。

我閱讀了一篇當年「新媒體經濟學」的論文，論文題目是《如何借助新媒體的發展機遇保存香港飲食文化》，內容是「香港本土美食擬人化NFT企劃」[1]，對我很有啟發性。

雖然當年的「新媒體」早已變成「舊媒體」，當年的所謂「發展機遇」亦早已

註1：《回憶中的香港味道》卷一第六章【香港本土美食擬人化NFT企劃】。

煙消雲散，而這篇論文的評分更低至F，我甚至需要花一點時間才弄清楚NFT是什麼一回事，但這些曾經見證歷史的文字，卻給予我新的靈感。

我也查看了某位「城市記錄員」[2]的筆記，他參考了日本的「制縣傳說」，自製一個「制霸香港」的「美食地圖」，然後一步一腳印，吃遍香港十八區，記錄能夠代表香港的不同味道。他留下來的文字、相片和錄像，給予我新的方向。

然而，我總是找不到一個超越前人的嶄新角度，去導入、引申和闡述「香港味道」，我幾乎打算放棄。

然而，就在那個晚上，太陽、月球和地球並列在一起，月球的陰影寬度剛巧遮擋整個太陽時，我偶然找到幾段舊格式的短片！

除了有機農莊「崑崙懸圃」[3]的記錄片，還有名為《餐桌上的戰爭》[4]的舞台

註2：《回憶中的香港味道》卷二第八章【準備好大吃一場】。

註3：《打邊爐》台灣版第四鍋【那年夏天，回憶中的味道……】。

註4：《回憶中的香港味道》卷二第三章【餐桌上的戰爭】。

劇映畫記錄，剪輯了幾次在彩虹邨金碧酒家舉行的「餐飲劇場」，記錄了一系列已失傳了的懷舊菜，令人大開眼界，也重新燃起了我的「飢餓感」。

為了親身體驗和見證「回憶中的香港味道」，我展開了一段「美食之旅」……就在女神的指引下，我報名參加了那一場在彩虹邨的「美食文化導賞團」……

第一章

一千零一個開心的理由

「我竟然在彩虹邨，遇見另一個自己。一個笑容燦爛，好開心的自己！」

Act 1

這可算是對我影響深遠的一天！

我參加了一個很有趣又很有意思的「美食文化導賞團」。

除了像一般「文化導賞團」在彩虹邨「散步」，最吸引我的是晚上在金碧酒家品嚐懷舊菜……

我們先在「彩虹生活館」集合，這是位於金碧樓，由空置的「芝蘭髮廊」改造而成，館內有彩虹邨的重建資訊，介紹重建期間居民的安排，展示了遷置時間表以及新美東邨的介紹等等，然而，更吸引我的卻是「芝蘭髮廊」結業後仍留下的懷舊理髮椅。

「房委會已正式公佈，彩虹邨將會分三期清拆，涉及十一座樓宇，共七千四百多伙住戶，但其實受影響的是全香港七百多萬人。今天我們一齊見證歷史、記錄歷史、甚至是創造歷史！」

簡短的開場白後，團長帶領我們出發。我們主要是遊覽金碧、金華和金漢三座相連矮樓的商店街，途經 MIRROR 取景拍攝拍攝英文歌《Rumours》MV 的「上海華麗理髮公司」、「鑽石冰室」、「旗昌辦館」等歷史悠久的店舖，然後登上彩虹邨的打卡景點——停車場上蓋的運動場。

團長在此簡介了彩虹邨的歷史、「包浩斯」（Bauhaus）建築風格的特色、以及建築公司「巴馬丹拿」（Palmer & Turner Group）多年來在香港參與的不同項目，加深大家對彩虹邨的認識，以及明白彩虹邨在香港的重要性。

我沒有細心聽團長的講解，只是獨個兒在拍攝風景相片。除了像彩虹般繽紛顏色的屋邨樓宇外牆，還有運動場的彩色地板、籃球架、舊式鐵櫈……

我瞥看到團長非常忙碌，他解答了團友們的不同問題後，就在手機上搭配了特別裝置，為部分團友拍攝了「遇見另一個自己」的倒影相片……

天公造美，我們聚集在運動場期間，短暫地停了雨，或只是偶爾有幾滴雨水，然而，當我大合照後，離開運動場時，雨勢立即變大！

團長帶領我們來到下一站，彩虹邨標誌性的高山榕，此樹高十八米，樹幹直徑三百厘米，是房委會轄下屋邨三棵古樹名木之一，其餘兩棵古樹名木分別是秀茂坪邨的合歡樹，以及大興邨的印度榕，又稱為印度橡樹。

再下一站，就是紀念彩虹邨開幕的石碑，團長講解了石碑上的重要資訊後，就帶領大家拍攝有趣的合照。然後，部分團友再回到「彩虹生活館」打卡。

我卻直接前往金碧酒家，老闆娘貞姐指示我按照枱號入席。

今晚，我們在這間擁有六十年歷史的金碧酒家，享用由貞姐親弟、老闆兼大廚強哥精心烹煮的一系列懷舊菜，對我而言，這是今天的重頭戲，也是我參加這個「美食文化導賞團」的主要原因。

這次懷舊夜宴，筵開十一席，每席除了編號，還有兩個很有意思的中文字：每一席都是以彩虹邨其中一座樓宇的名稱！

而且，都是按照座數來編排，一號枱就是第一座「紫薇」，二號枱就是第二座「丹鳳」，然後順次序分別是「綠晶」、「白雪」、「翠瓊」、「紅萼」、「碧海」、「錦雲」、「金碧」、「金華」和「金漢」。

開席前，團長竟然和我們玩問答遊戲……

「我準備了十一條問題，每枱一條，都是關於彩虹邨和金碧酒家的問題！

「答中有獎，獎品是我剛剛由日本帶回來的手信，日本不同地方的土產！希望大家會喜歡！

「如果答錯，就答對為止啦！最緊要是大家開心！Happy Together！」

團長由第一枱開始發問，問題竟然是——

「請講出兩味今晚你最期待的菜式。」

這究竟是什麼問題？簡直就是大贈送！

這夜我們品嚐了以下的懷舊菜式：

酥炸蟹鉗、錦滷雲吞、茄汁大蝦、蠔豉生菜包、杏汁白肺湯、荔茸香酥鴨、金碧豉油雞、大馬站煲、窩蛋免治牛肉飯、揚州窩麵、以及甜品馬拉糕。

每一味都令人非常期待，但我首選杏汁白肺湯，次選酥炸蟹鉗，還有其他粵菜餐館不常吃到荔茸香酥鴨。

每一味都好好味，又好大碟！最後登場的馬拉糕，非常鬆軟，而且是超乎想像的大件！更令我從此愛上了馬拉糕！

第二枱是跟第一枱的問題，竟然是相同的，禮物都是來自北海道的特產。

第三枱的問題，竟然是「金碧酒家今年是幾多週年紀念？」，禮物是來自富士山的特產。

第四、五和六枱的問題，都是「請講出彩虹邨十一座樓宇的其中三座。」，禮物分別是來自長野縣、愛知縣和山形縣的特產。

第七和八枱的問題，都是「請講出彩虹邨七條街道的其中兩條。」，禮物都是來自兵庫縣（姫路城）的特產。

彩虹邨內七條道路，都是以彩虹七色作為開頭，分別是：紅梅路、橙花路、黃菊路、綠柳路、青楊路、藍鐘路、紫葳路。

這場懷舊菜夜宴，原來也是「文化美食導賞團」的一部分，團長透過問題遊戲，讓我們在最短時間內，掌握彩虹邨的基本資訊。

第九枱，即是我的那一枱，問題是「有什麼名人曾經在彩虹邨居住？」

我本想回答影帝謝君豪（也是強哥小學時的同班同學），但同枱的一位婆婆竟然興致勃勃地搶答，大聲說出「阿一鮑魚楊貫一」，團長帶領我們一起為她鼓掌。

這位婆婆，原來名叫「金妹」，她讓我們獲得來自滋賀縣（彥根城）的特產禮物。

忘了告訴大家，團長這些「從日本旅行時購買的手信」，是全枱客人一起分享的禮物，果然是「Happy Together」！

第十、十一枱的問題，同樣是「有什麼名人曾經到訪金碧酒家？」，提示就在店內的牆和柱上，因為貼滿了強哥和貞姐跟不同名人的合照。

這兩條問題的禮物，分別是來自福岡和京都的特產。

我開始有點奇怪，團長竟然去了日本這麼多的地方旅行？

問題遊戲結束後，團長邀請強哥從廚房出來，分享他在彩虹邨成長的趣事。

強哥很風趣幽默，他有一句話，令我留下了深刻印象：「那個球場，你們去打卡，我是去打波！」

強哥分享後，在我們熱烈的掌聲下返回廚房，準備今晚的豐富筵席。

「金碧酒家，我已經來過很多次！彩虹邨，我亦留下了不少美好回憶！」

團長突然有感而發。

「我是一個『屋邨仔』！我當年住在『牛下』，牛頭角下邨，早已經被拆掉了！

「我仍是小孩的時候，覺得『牛下』好大，好似一個遊戲場！每日都過得開開心心！

「到我長大後，我就由一個遊戲場，去到另一個遊戲場！因為我好幸運，可以在嘉禾片場工作！我都曾經參與過不少電影的拍攝！

「當年的嘉禾片場，就是在斧山道的山頭，就在現時斧山道運動場附近。我們之前經常都會從山上落彩虹邨，但是就未有機會入來金碧！

「大家知道嘛？當年的金碧，已經好出名，出名有好多美食，有點心、有燒味、有炒粉麵飯，我們這些剛剛出來工作的年輕人，只是去幫襯附近的鑽石冰室。

「後來，我離開了嘉禾，就很少再來彩虹邨，直至疫情之後，我有個朋友在金碧了場懷舊菜 farewell 晚宴，我才正式第一次踏入金碧酒家這個『遊樂場』！

「認真的，金碧酒家在我眼中，是一個『遊樂場』！

「當然，大家對於『遊樂場』的定義，應該有很大差異！

「在你眼中，『遊樂場』應該要有很多機動遊戲，要有過山車啊！摩天輪啊！又或者要有一個好厲害的主題，甚至要有一系列很特別的卡通人物。

「但是，對於我這個『屋邨仔』，當年和隔離鄰舍的小朋友，在屋邨的走廊跑來跑去，或者一齊去樓下『掃街』，就已經很開心！雖然現在會覺得有點白痴！

「金碧酒家和彩虹邨，在我眼中，是一個『遊樂場』！

「我不敢自誇對彩虹邨很熟悉，但是我在彩虹邨，曾經有一段很奇妙的經歷，即使你住在彩虹邨幾十年，都未必會遇見的獨特經歷：

「我朋友在金碧舉行懷舊菜晚宴的那一日，剛剛下完雨，我趁機會逛了一轉彩虹邨，就在停車場上蓋的運動場，即是剛才我和大家一起打卡的景點，我竟然遇見另一個自己！

「我竟然在彩虹邨，遇見另一個自己。一個笑容燦爛，好開心的自己！

「我記得當日色彩繽紛的運動場地面，有一灘很奇妙的積水。我就是在這一灘積水的倒影中，見到一個笑容燦爛，好開心的自己！

「大家上次覺得開心，是什麼時候？大家上次開開心心的笑，是什麼時候？

「我以前好喜歡歌神張學友，他有一首金曲，歌名〈一千個傷心的理由〉，真的令人好傷心！

「之前有一段時間，我心情很差，情緒很低落，我不想出街，我不想見人，不斷重覆聽著這首歌，我覺得歌神彷彿唱出了我的心聲！

「我相信在座有很多人跟我一樣，不知道從什麼時候開始，覺得在香港很不開心，甚至是覺得很傷心！

「傷心的理由，張學友說有一千個，但是實情可能有一萬個，十萬個，甚至一百萬個！或者更多！

「大家都好像不想留在香港，大家覺得留在香港消費，好似有一種莫名其妙的罪疚感！

「對！是罪疚感！覺得我們留在香港，Everything is Wrong！

「所以，只要放假，或者有空閒時間，有錢的到外國旅行，沒有錢的就會北上消費，只要踏入機場禁區，又或者身處深圳河以北，大家都彷彿變了另一個人！

「一個笑容燦爛，好開心的自己！」

團長突然停下來，喝了一口今晚由清酒達人 Ben Li 精選的春季日本酒。

「我令自己開心的方法，卻跟很多人不一樣，我反而會選擇是留在香港，支持小店。

「我當然可以說得冠冕堂皇，但是我樂意跟大家坦白，我不喜歡上大陸，但又沒有足夠的金錢飛日本……

「在這段時間，我量力而為，幫襯了很多值得支持的小店，特別是在屋邨，或者是在舊區的小店。

「然後，我開始參加一些社區文化導賞團，我希望了解更多這個我出生和成長的地方。再然後，我就成為了這次『美食文化導賞團』的團長。

「我開始好認真思考一個哲學問題：如果傷心的理由有一千個，開心的理由呢？可以有幾多個？一千個？一百個？十個？

「我很開心，我找到一個開心的理由！就是回來彩虹邨，再次踏足金碧酒家，這個在我眼中的『遊樂場』！

「我曾經以為，有一個開心的理由，已經好難得！已經好足夠！

「但是，某一日，我又有奇遇！我突然找到另一個可以令自己開心的方法！」

團長拿出另一份「從日本帶回來的手信」

「那一日，我突然去了那間黃色招牌的日本連鎖折扣店，我本來沒有購物，只是漫無目的行了一轉，卻在準備離開的時候，在接近收銀處的特價貨架，有開心大發現！

「竟然有日本手信大特價，低至三折！

「我立即買了一盒，送給自己，假裝剛剛去完日本旅行。」

我明白了！團長這些「從日本旅行時購買的手信」，其實都是在日本連鎖折扣店購買的特價貨品！

他沒有到日本旅行，卻比親身到日本旅行更開心！

「我很開心！我找到另一個可以令自己開心的方法！我找到另一個可以令自己開心的『遊樂場』！所以，我今晚特別購買了很多『日本手信』和大家分享，Happy Together！

「現在，我不再聽張學友了！日夜陪伴我的是上一代歌神：許冠傑！我經常播放 Sam Hui 的〈最緊要好玩〉！

「記住！人生好簡單！最緊要好玩！

「我已經找到兩個可以令自己開心的理由！你呢？

「希望大家都找到可以令自己開心的理由！即使一千零一個開心的理由，其實已經好足夠！

「但是，最重要的是，你一定要找到屬於你的『遊樂場』！找回一個笑容燦爛，好開心的自己！」

Act 2

離開彩虹邨後，我的思緒開始起伏不定。

團長的那一番說話，對我帶來很大的衝擊！

我開始思考一個被遺忘了，或是不想被提及的問題——

為什麼我們都不開心快樂？

為什麼我們都不覺得幸福？

疫情已過，一切已經「復常」了吧！然而，不只香港經濟後蘇不似預期，香港人在全球和本地的幸福感民意調查中都繼續下跌。

今年年初發表的《全球幸福報告》[1]，香港的排名下跌四位！在一百四十三個國家和地區中，以 10 分為滿分，香港以 5.316 分排在第八十六位。香港的得分較全球最幸福快樂的芬蘭少 2.384 分，亦較亞洲區榜首、全球第三十位的新加坡少 1.204 分；香港的排名在兩岸三地中最低，比中國更低，中國排名第六十位，台灣則緊隨新加坡之後，排名第三十一位。

與此同時，香港的「家庭開心指數」[2]，更是連續四年下跌！

註1：《全球幸福報告》（World Happiness Report），由英國牛津大學和「聯合國可持續發展解決方案網絡」(UN Sustainable Development Solutions Network）等機構聯合發表，根據各國民眾對生活滿意度的自我評分以及人均國內生產毛額（GDP）、社會支持度、健康預期壽命、自由度、慷慨程度和貪腐程度等因素衡量的三年平均分得出指數。

2024 年最幸福的 10 個國家或地區排名，分別是第 1 位芬蘭、第 2 位丹麥、第 3 位冰島、第 4 位瑞典、第 5 位以色列、第 6 位荷蘭、第 7 位挪威、第 8 位盧森堡、第 9 位瑞士、第 10 位澳洲。

註2：「家庭開心指數」民調由和富社會企業「香港開心D」主辦，東華學院護理學院為研究顧問夥伴，旨在以科學實證方式量度香港人在個人、家庭及工作層面的開心程度，了解港人快樂背後的原因，以及作出針對性建議。

和富社會企業「香港開心D」平台於 2023 年 12 月 7 日至 21 日期間在網上收回 1,316 份有效問卷，調查結果於 2024 年 3 月 25 日公佈。

以 10 分為滿分，「家庭開心指數」由二零二一年的 7.26 分跌到今年的 6.43 分，慶幸跌幅已較往年有所放緩。

大家都不開心快樂？

大家都不覺得幸福？

這些年，我真的說不上是開心。

這些年，我真的感覺不到幸福。

原因也許很複雜，難以三言兩語說清楚。

然而，如果借用團長的說法——

香港已經不再是我們熟悉的「香港」？

香港已經不再是屬於我們的「遊樂場」？

我曾經在某家台灣航空公司的官方網站，看到以下對於香港的簡介：

「品嚐米其林餐廳的精緻美食，欣賞璀璨迷人的夜景，盡享輕奢之旅。還可徜徉於中環的藝術畫廊，領略當代藝術的魅力。在這座城市的街頭巷尾，沉浸經典港片的情懷，前往大牌檔或茶餐廳品味正宗香港美食。」

當中最吸引我的四個字：「輕奢之旅」。

香港絕對不是一個適合「窮遊」的地方！

香港擁有獨特的文化與浪漫，也許已成過去。

香港的優點，需要我們有耐性地，慢慢發掘出來！

那個黃昏，我在誤打誤撞下，展開了一場「輕奢之旅」。

那個本來沒有什麼特別的星期六，唯一特別是我需要前往荃灣大會堂，觀看一套在展覽餐內舉行的舞台劇。

我是一個「香港人」，

我出生於香港島，居住於香港島，幼稚園、小學、中學和大學，都是在香港島就讀，現時在香港島東區的鰂魚涌工作，我的日常生活都是在香港島。

參加了在彩虹邨和金碧酒家的「美食文化導賞團」，對我是一個很大的突破！

如果我想吃懷舊菜，我首選北角的鳳城酒家，灣仔的留家廚房和生記飯店，都是不錯的選擇！

如果不是知道彩虹邨即將清拆，以及某位報了名的朋友突有事未能出席，我也不會破例「過海」。

怎料到這次「過海」，竟然是一次令人忘記的嶄新體驗！

如果沒有這次「過海」，我也不會嘗試前往更遙遠和陌生的新界西區。因為我真的不熟悉荃灣，加上我想在觀看演出前吃點東西，所以我提早出門，所以在日落前已到達荃灣區。

我在網上搜尋了「荃灣必食十大推介」，也許因為我是個傳統的香港人，不喜歡吃辣，雲南米線亦不是我的首選，著名的「莎樂美餐廳」和「東江大飯店」，跟荃灣大會堂又有一段距離……

就在漫步行向荃灣大會堂的途中，我選擇在大河道的「榮安小食」，吃了一碗前輩推介的車仔麵。

我自製車仔麵「海陸空組合」：魷魚、豬大腸和雞翼，配油麵，重點是加了五匙羹鹵水汁，味道果然很豐富，有趣！

就在我繼續向荃灣大會堂進發的路上，我不自覺地轉入了爨地坊，竟然發現了一間更有趣的隱世小店：「不動橙小食」。

我是被這個店名吸引的。

「不動橙」？「不動產」？

不知道跟「不動明王」有沒有關係？

我卻突然想起日本漫畫《岸邊露伴一動也不動》[3]……「不動橙小食」有很多美食，價錢也比我想像中平宜，令人難以抉擇。我起初被「老爹蚵仔麵線」搶去了焦點，這不只是蚵仔配麵線，而是蚵仔、大腸、鴨血配麵線。

然而，我點菜時，老闆娘卻說夏天沒有蚵仔供應。雖然有點失望，我卻立即改轉主意，點了次選的「不動橙招牌炒腸粉」。

註3：《岸邊露伴一動也不動》（日語：岸　露伴は動かない）由荒木飛呂彥所創作ß1其代表作品日本漫畫《JoJo的奇妙冒險》第四部《不滅鑽石》中的角色岸邊露伴為主角的短篇漫畫集，已經改編成為劇集和電影，由高橋一生飾演岸邊露伴。作為《JoJo的奇妙冒險》系列的衍生作品，標題中的「一動也不動」其實是表明這系列的短篇中「岸邊露伴並非本作的主角，而只是一名導航者」的意思。

這是即叫即炒的腸粉，配料有椰菜、甘筍和香菇，另有三款醬料，分別是豉油王、麻辣川味和XO醬，不喜歡吃辣的我，當然選擇了豉油王。

有趣的是，炒腸粉只售廿二元，還可以加餸，加八元有午餐肉、火腿或豬肉條配炒蛋，加十五元就有雞翼、雞扒或豬扒。

我再加多一枝由此店自製的菊花羅漢果茶。埋單不用五十元。

就在我等待美食之際，我偶然發現這間創業於一九九二年的小店，竟然營業至五月廿四日。

我先嚇了一跳，然後卻會心微笑。

我不是因為這店即將結業而笑，而是感恩可以趕及在消失前品嚐到親民的香港味道。

吃完炒腸粉，仍有點時間，我再叫了一份在其他地方不常見的炸鮮奶，賣相有趣，口感也不錯啊！

就是這樣，我本來只是來荃灣觀看舞台劇，結果，竟然喜出望外，親身經歷了一場「輕奢之旅」。

對！就像那間航空公司在官網上的宣傳文案：「輕奢之旅」。

我雖然是一個香港人，也可以在香港境內，自製「輕奢之旅」。

就像團長主持「美食文化導賞團」，我開始為自己籌劃「輕奢之旅」。

前往不同地區、享用不同美食、配合不同主題和路線圖的「輕奢之旅」。

深水埗鼓油西餐懷舊之旅、大埔魚蛋粉浪漫單車之旅、打鼓嶺坪輋有心機農場親親大自然之旅、長州戲院自製平安包減壓之旅、重慶大廈印度與非洲文化體驗之旅、以電影《緣路山旮旯》為靈感的香港禁區隱世尋秘之旅……

另外，我還設計了一場「富豪之旅」！

話說早已定居外國的師長突然回港，我建議吃得好一點，邀請老師和師母重遊尖沙咀，先回味「富豪雪糕車」的軟雪糕，然後和同學們團聚位於美麗華商場、自二零一一年起持續十四年榮獲米芝蓮一星的著名廣東傳統菜酒家「富豪酒家」，一同開心享用「阿翁鮑魚名菜宴」。

當晚我們品嚐了紅燒砂鍋包翅、鮑魚鵝掌、川汁花膠、方魚炒芥蘭仔、富豪脆皮炸雞等名菜，除了鎮店之寶「阿翁鮑魚」，我個人最愛富豪脆皮炸雞！因為是採用本地農場的新鮮雞，肉質嫩滑，皮薄爽脆，真真正正的「香港味道」，這是我吃過最好味的炸子雞，令人喜出望外。就連已戒了雞皮的師母，也吃得津津有味！

這一餐，埋單每人不用港幣一千元。

雖然有點奢華，卻是物超所值！

老師、師母和同學們，都吃得很開心！

而且，他們都說我變了！變得開心了，也開朗了！

只因為，我遇見了另一個「自己」……

我終於找到可以令自己開心的方法！

我終於找到「一千零一個開心的理由」！

我終於找到可以令自己開心的「遊樂場」！

我將香港，不只是香港島，而是全港十八區，都變成我了的「遊樂場」。

由我作主的「輕奢之旅」，正是屬於我的「開心之旅」，也是屬於我和她的「幸福之旅」。

Act 3

在一次動漫主題的「輕奢之旅」，我重遇了上次彩虹邨「美食文化導賞團」的其中一位團友。

她的網名是「ゆかり」，日文發音是「YUKARI」，意思是「關連」，或是「連接」，漢字寫作「緣」。

緣！我們真的有緣！

她也找到了令她開心的方法嗎？她也找到了令她開心的「遊樂場」嗎？

我們重遇於即將清拆的九龍灣國際展貿中心[4]，當時我正準備離開「同人

註 4：九龍灣國際展貿中心，位於香港九龍灣展貿徑一號，是香港一所舉行展覽及會議場地，簡稱「九展」或「展貿」，英文「Kowloonbay International Trade & Exhibition Centre」，縮寫「KITEC」，前稱香港國際展貿中心（Hongkong International Trade & Exhibition Centre，縮寫 HITEC，於 2011 年初易名）。於 1995 年竣工及啟用，2024 年 6 月 30 日正式關閉。

誌[5]即賣會」RAINBOW GALA。

今日的「九展」很熱鬧，即使在RAINBOW GALA的會場外，也有很多不同造型和質素的cosplayer，在不同角落拍照，甚至進行直播。

在熙來攘往之間，我第一眼就看見她！她雖然沒有cosplay[6]，卻也經過悉心打扮，她的日系美少女風格，正是我所喜歡的……

對比購買了大量同人誌和精品的我，我看見她手上竟然拿著一袋「日本手信」——存放在成田機場免稅店膠袋內的東京名物，Tokyo Banana x Pokemon 特別版香蕉蛋糕。

我上前跟她打個招呼。她竟然仍然認得我，出乎我意料之外，但在寒暄幾句之後，她說她在等朋友。我本應禮貌地就此告別，然而……

「妳……妳剛剛從日本旅行回來？」

她突然笑容燦爛。

「我像是剛剛從日本旅行回來？」

「不是嗎？妳拿著這個免稅店的膠袋……」

註5：同人誌，是自行創作及出版的漫畫，一般被稱為同人誌（doujinshi）。同人誌在日本是成為職業漫畫家的其中一條主要途徑，香港每年也有機構及大專組織舉辦同人誌即賣會，讓各同人誌畫家銷售他們的創作。而同人誌畫家絕大部分都是自資創作，由構思、印刷及銷售都自己負責。由於同人誌並非以商業為主，所以在創作上較商業漫畫自由，可以更富有個人風格及更多元化。

註6：Cosplay 一詞是 Costume Play 的簡稱，一般亦稱為角色扮演。簡單來說，Cosplay 就是透過化妝、服飾、道具、身體語言等等的配搭，去模仿動漫、電子遊戲、電影中等的角色。在同人誌即賣會中，Cosplayer 往往十分受歡迎，是會場的焦點之一。特色衣著例如各類的 Punk、Lolita 及 Gothic 衣著風格雖然並不一定是模仿某角色，但有時亦被歸類 cosplay。

「之前我們參加的那個『美食文化導賞團』，你記得那個團長嗎？」

「我當然記得啦！」

我的「輕奢之旅」，正是因為他的一番話而展開的。

我就是知道「九展」即將清拆，加上今日舉行的第三十一屆 RAINBOW GALA，是在「九展」的最後一屆，我為此再一次「過海」了。

「你記得他講過如何讓自己變得開心？」

「他說他某日偶然去了那間黃色招牌的日本連鎖折扣店，開心發現日本手信大特價，他隨即買了一盒，送給自己，假裝剛剛去了日本。」

「我受到他的啟發，我也找到一個可以令自己變得開心的方法！我也找到一個可以令我開心的『遊樂場』！」

「這裡，就是妳的『遊樂場』？」

「其中一個。」

「其中一個？」

「雖然我不能經常請假去日本旅行，但我幾乎每星期都有朋友『返鄉下』，我請他們幫我一個忙，回程時在成田機場，或者羽田機場，為我買一份手信，連同機場免稅店的膠袋，讓我都可以假裝剛剛從日本旅行後回來。」

我望向她手上那一袋「日本手信」。

「所以，這是妳剛剛去日本旅行的朋友，為妳購買的禮物？」

「我起初也擔心自己太無聊，怎會有人看見我拿著免稅店的膠袋，就以為我是從日本旅行回來的呢？但看妳剛才的表情，我開始有點自信。」

對不起，我只是為了打開話題……

「你今天有什麼戰利品？」

「十八禁」的本子都已安全收納在背囊裡，我輕鬆地跟她分享我的收穫。

「你也喜歡安野夢的作品？」

「安野夢」據說是一個美少女漫畫家兼 cosplayer，但我並不認識她，只是喜歡她的畫風，更喜歡她二次創作的那套作品——

《岸邊露伴一動也不動》。

「有品味！」

我笑得有點尷尬。

「她們是我的朋友，有機會為你介紹。」

我意識到是告別的時候，但我不想就此放棄。

「我…也找到了令自己開心的方法。」

「透過日本動漫，假裝在日本旅行？」

「不！我努力重新發掘香港的優點……」

「厲害！這個我自問辦不到。」

「我…現時正在定期籌辦『輕奢之旅』。」

「『輕奢之旅』？」

太好了！成功打開了新的話題！

而且，我還成功跟她交換了聯絡方法！

這次「輕奢之旅」，想不到竟然超額完成啊！

打鐵趁熱，我邀請她一同參加某個關心香港飲食文化的作家舉辦的有趣活動：

「走讀新蒲崗」。

我記這位作家在網上的簡介：

「這不只是普通的『散步』，而是一起『走讀』，『一邊行走，一邊閱讀』，大家走進我的故事裡，閱讀這個城市的風貌、景物、歷史、以及空氣[7]，用我們的方法，去記錄屬於我們的『香港味道』。」

我覺得很有趣，一直記在心裡，猶疑是否再「過海」？

「『閱讀空氣』？聽起來不錯啊！」

她的反應，比我想像中的正面。

「妳…有興趣參加？」

「這次的『走讀新蒲崗』，將會按照小說卷一第一個短篇故事裡的劇情，在麗宮戲院的舊址集合……」

註7：「閱讀空氣」，源自日文的「空気を読む」，意思跟中文的「察言觀色」很類似。所謂「空氣」指的是對話當下的氣氛，有辦法讀懂空氣的人，可以說出讓對方聽起來很舒服、可以理解、以及表示認同的話，不至於將氣氛弄僵，不會「讓空氣凝結」。

她上網搜尋相關資料，彷彿突然發現新大陸。

「麗宮戲院？」

她對「麗宮戲院」感到莫名其妙的興趣！

「爺爺曾經告訴我，當年他經常到麗宮戲院看二輪電影……」

然後，她突然對我笑了一笑。

我有點難以置信……

為了她，我再次「過海」，展開另一場「輕奢之旅」。

陌生的新蒲崗，將會變成令我們開心快樂的「遊樂場」。

這不只是我們的「開心之旅」，也是我和她的「幸福之旅」。

「一千零一個開心的理由」？只要我們在一起，經已足夠……

※

我們在重新認識的香港，遇見另一個自己。一個笑容燦爛，好開心的自己！

【一千零一個開心的理由】／完

第二章

茶餐廳的親善大使

大家好！我是阿 Sam。歡迎大家來到這間歷史悠久的茶餐廳。

我是一個茶餐廳侍應，但我並不只是一個茶餐廳侍應。

為什麼我會選擇做一個茶餐廳侍應？因為茶餐廳侍應是我的 Dream Work！

我再講一次：茶餐廳侍應，是我的 Dream Work！

你們沒有聽錯，我亦沒有講錯！

茶餐廳侍應，是我的 Dream Work！

你們可能覺得，茶餐廳侍應怎會是 Dream Work 呢？這樣是因為你們悲觀，我就看見作為茶餐侍應的好處！根據我多年來的觀察，最少有三大好處。

第一，每日放工，那一日的工作就做完了！不會有工作帶返家中做，亦不需要放工繼續回覆 email 和 whatsapp，可以擁有屬於自己的人生！

第二，茶餐廳侍應，不可以 Work From Home，亦不能夠被迫 Work From Home。八號風球、紅雨、黑雨、或者其他不可以預計的情況，都可以真的留在家中，享受額外的假期，爽啊！

最後，亦是最重要的，有人話，我們份人工，是包含了被人責罵，甚至被無理取鬧，大家有什麼看法？對我來說，這是 Bullshit！

做茶餐廳侍應，不需要強顏歡笑，不需要卑躬屈膝，可以做回自己，可以大大聲說話，更可以說出真心話，不需要轉彎抹角，看不過眼那些態度惡劣的衰客，可以直接對他們當頭棒喝！你說這份工多麼過癮？多麼有意義呢？

嗱！我只是實話實說，來茶餐廳食個餐，埋單只是港幣一百幾十元，就以為自己是大老闆，要求多多，他們真的「不該」！

嗱！我對他們黑口黑面，溫馨提示，甚至直斥其非，都只是做好心，幫他們的父母教導子女吧！

我明白，在香港從事服務業，當然要「顧客至上」！但是，就有好多人濫用權利，對我們提出無理要求、胡亂投訴、在茶餐廳裡行為不檢、甚至對我們這些前線工作人做出各式各樣的人身攻擊，他們真的是有病！

嗱！這不是我說的，這是著名心理學家，甚至是心理學始祖佛洛伊德說的！

大家有沒有聽過「踢貓效應」？

「踢貓效應」，「Kick the Cat」，亦有人會稱之為做「踢狗效應」，「Kick the Dog」。根據佛洛依德的理論，我們每個人都有一個「自我防衛機制」，英文是「Self-defense Mechanism」，這個機制有一個「置換作用」，英文是「displacement」，我們會將能量由不可以觸犯的對象，轉移到其他可以觸犯的對象的身上面。

大家不知道我在說什麼?長話短說，就是「人類會將脾氣發洩在對自己比較沒有威脅的人身上」。如果你真的患有以上的症狀，你千萬不好放棄治療!你可以隨時向我求助的啊!

因為我並不是一個普通的茶餐廳侍應，我還有一個更重要的身份!我是一個「茶餐廳的親善大使」，「Goodwill Ambassador of Cha Chaan Teng」!

有人話：茶餐廳最能夠代表香港文化，當中有好多現象，以及潛規則，只是香港人先至會明，所以有部分顧客的態度之所以這麼惡劣，是因為他們不明白香港文化，不清楚我們香港人的價值觀。

所以，我並非只是一個開工等放工，放工等放假的茶餐廳侍應，我是一個身負重任、敬業樂業的「茶餐廳親善大使」!

作為一個親善大使，我的工作，並不只是幫客人落單、上菜、收錢、送外賣，最重要是要教導客人「茶餐廳的餐桌禮儀」。

大家沒有聽錯，我會教導大家「茶餐廳的餐桌禮儀」。

大家可能以為，不會吧？茶餐廳也有「餐桌禮儀」？應該是光顧高級餐廳才需要「餐桌禮儀」吧！哼！如果你真是有以上的想法，我只好對你講句「I' m so Sorry」！

有人話，中國是「禮儀之邦」，如果你是一個有文化的「中國人」，即使你去茶餐廳，都需要有基本的禮儀啊！

亦有人話，「儀式是一件很重要的事。它令我們對在意的事情心懷敬畏，令我們對生活更加銘記以及珍惜。」

哼！這段充滿哲理的說話，不是我說的，這是著名作家兼美食家，村上春樹說的！「儀式感」是很重要！所以，「餐桌禮儀」都是很重要！即使在茶餐廳，都好需要有「餐桌禮儀」！

我作為一個「茶餐廳親善大使」，今日有緣和大家見面，我打算和大家分享一下，在茶餐廳進食的基本禮儀、正確知識、以及一齊解開茶餐廳的謎團。

我相信大家都好有興趣學習「茶餐廳的餐桌禮儀」，Yes or No？

好！如果大家準備好的話？不如我們先玩個遊戲？這個遊戲，就是「猜猜茶餐廳術語」！

我將會講出一系列茶餐廳的術語，如果大家知道是代表什麼，就立即舉手搶答啦！熱身問題，茶餐廳術語「靚仔」即是代表「白飯」，因為白飯粒粒白雪雪，就像「青靚白淨」的男孩子，即是廣東話的「靚仔」。那麼，「靚女」又是代表什麼呢？對！這位客人答對了！「靚女」，就是代表「白粥」。白粥都是由白米煲出來的，軟綿綿又滑捋捋，和「靚仔」白飯，簡直是天生一對，所以被稱為「靚女」。

茶餐廳是一個好有人情味的地方，一直都有「大件夾抵食」的優良傳統！如果大家不想做「大嘥鬼」[1]，可以同茶餐廳伙記講聲「扣底」，就可以少飯，或是少

註7：大嘥鬼，英文「Big Waster」是環境局於2013年展開的《惜食香港》運動的宣傳代表。官方介紹「曾幾，它揮霍無度，浪費食物以及濫用資源，幸好它及時覺悟，反思己過。為改過自新，並希望將功贖罪，以自身為反面例子，以不同方式宣傳惜物減廢和慳電。」

粉麵，那麼，請問「雙扣」又是什麼意思呢？

對！這位客人答對了！如果連餸菜也吃得不多，就可以叫「雙扣」，實行少餸少飯。

茶餐廳術語「飛沙走奶」裡面的「沙」，取其音，即是指「砂糖」，「奶」，就是指「牛奶」或「煉奶」。當一杯咖啡要「飛沙走奶」，即是「齋啡」。

那麼，請問「茶走」，又是代表什麼呢？

什麼？「在香港茶餐廳中，『茶走』是一種特殊的茶點文化。它指的是顧客點了一杯茶或咖啡，但選擇立即離開餐廳，而不是留下來用餐。茶坎通常是因為顧客匆忙，需要在外面繼續工作或其他事務。茶餐廳會提供速溶茶或咖啡供顧客帶走。」[2]

註 2：2024 年 6 月初，網上流傳有人向 ChatGPT（聊天生成預訓練轉換器）查問「茶走」的意思，結果得出令人哭笑不得的答案。

錯！這位客人答錯了！而且錯得很離譜！你應該是用了舊版本的 ChatGPT[3]，又或者並非使用 OpenAI 的 ChatGPT，I'm Sorry！

正確答案，「茶走」的「走」，乃是奶茶「走糖」，「花奶」就轉為「煉奶」。大家千萬不要搞錯，更不要胡亂上網找答案啊！

現時網上有很多失實和虛假的資料，要認識香港獨有的茶餐廳文化，一定要詢問我們這些「真香港人」！

繼續。茶餐廳術語「汪阿姐」代表熱咖啡，源自汪阿姐的典型金曲《熱咖啡》。那麼，請問「夏蕙姨」，又是代表什麼呢？

大家都不知道嗎？大家不熟悉上世紀的香港娛樂圈嗎？

西多士的傳統食法，就是淋上糖漿，或者叫糖膠，即是「淋膠」，而外號「夏蕙姨」的黃夏蕙，曾經和粵劇演員林蛟拍拖，所以「夏蕙姨」就成為西多士的代名詞。

註 3：ChatGPT，全稱「聊天生成預訓練轉換器」，是美國 OpenAI（開放人工智慧研究中心）開發的人工智慧聊天機器人程式，於 2022 年 11 月推出。

茶餐廳術語「制水」[4]，代表「乾炒牛河」，因為整條「河」都「乾」了，所以要「制水」！那麼，「燒衣」又是代表什麼呢？

大家猜不到嗎？給大家一點提示，菜名四個字，其中一個是「燒」字。

對！終於有人答對了！「燒衣」就是「乾燒伊麵」，取菜名中間兩個字的諧音。

最後一題！茶餐廳術語「打爛」，又是代表什麼呢？

因為炒飯有雞蛋，需要先打爛蛋殼，將雞蛋打成蛋汁，這個指定動作，就成為了「炒飯」的代名詞。

以上的茶餐廳術語，生動活潑，充滿創意，匯聚了香港獨有的流行文化，不只是飲食文化，還有娛樂文化，而且記載了香港人的日常生活。

註 4：「制水」，又名「限水」，即是「食水管制」、「限制供水」的意思。「制水」曾經是一代香港人的集體回憶：1963 年 5 月，香港旱情嚴峻，陷入嚴重水荒，5 月 2 日實行制水措施，縮減供水時間至每日 3 小時；但情況毫無改善，5 月 16 日更改為更嚴厲的香港制水措施，隔日供水 4 小時。

所以，如果你想要學習真正的香港文化，很簡單快的方法，就是去幫襯茶餐廳！

好！和大家玩完遊戲，是時候解開茶餐廳的謎團了！

大家有沒有聽過「茶餐廳七不思議事件」？

不用驚慌！我要講的不是很多年前，新界北某間茶餐廳那一件靈異事件，我想和大家分享在茶餐廳經常遇見的有趣現象！

「茶餐廳七不思議事件」之一，「靈異水杯」。

大家有沒有遇見過，水杯在茶餐廳的枱面上，竟然會自己移動的呢？

因為大家都趕時間，我們茶餐廳的伙記，通常抹完枱，枱面仍是有點濕的時候，下一批顧客就已經入座，所以，當伙記拿一杯水來給客人，放在枱面上，水杯就會懂得自己移動，甚至會在大家不為意的時候，跳落地板！哈哈哈哈，你說是否真是很「靈異」呢？

更靈異的是，「茶餐廳七不思議事件」之二，「驅魔聖水」。

當你來到茶餐廳，伙記會拿一杯水給你。記住！這杯水，並不是給你飲的！如果你飲了，就會浪費了這杯水的重要功能，以及意義。

有人話，這杯水，是用來清潔餐具的，膚淺！

這杯水，其實是「驅魔聖水」，是用來「驅魔」的啊！

這杯「驅魔聖水」，真正用途是用來「洗滌心靈」，是給你用來「驅走心魔」的！

大家經過半天的忙碌，終於可以用餐，終於可以再次擁有屬於自己的私人空間，所以，你很需要一個抽離的過程！所以，這一杯可以「洗滌心靈」的「聖水」，是非常寶貴，而且昂貴！

你在茶餐廳的一餐，有可能超過一半的價錢，並不是那件遠近馳名的蛋撻、亦不是那杯要加兩蚊的凍飲，而是因為那一杯充滿儀式感的「聖水」！

村上春樹曾經說過，「儀式感」是非常重要！大家就趁這個時間，一齊來做個儀式啦！

大家一齊用左手拿起枱上的這杯「驅魔聖水」，幻想它是一個頌缽，然後用右手，拿著杯裡的餐具，沿著杯的邊緣，先順時針自轉一個圈，再逆時針自轉一個圈。

大家有沒有什麼特別感覺呢？有沒有覺得上當被騙了呢？

我再說一遍，「儀式感」是非常重要！更重要的是，你改變不到大環境，但是你可以改變自己的心情。大家下次幫襯茶餐廳，正式用餐前，記得要用這杯「驅魔聖水」做儀式啊！只是，即使什麼也不做，亦是不要緊的。

「茶餐廳七不思議事件」之三，「凍飲加兩蚊」。

為什麼在茶餐廳喝凍飲要加兩元，有些地方甚至加到三元？

茶餐廳之所以「凍飲加兩蚊」，最主流的講法，是因為需要額外花錢去買冰！

大家記住，冰是需要成本的，在一百年前，製冰技術並不普及的時候，有些錢真的需要讓專業人士去賺，但是在今時今日，社會不斷進步，很多茶餐廳已經有自己的製冰機，運輸的費用亦已大大降低，為什麼凍飲仍要加錢呢？

在討論這個結合了經濟學和哲學的問題之前，我有責任提醒大家，茶餐廳是沒有收加一的！好多服務差過茶餐廳的食肆都收加一，但是茶餐廳一直都是貨真價實，童叟無欺！

所以，喝一杯凍飲，即使要加兩元，甚至三元，都不夠原本餐費的10%，比很多餐廳平宜啦！作為一個懂得茶餐廳餐桌禮儀的好客人，好應該給多兩元啦！或者埋單時不用找續！對嗎？

很多行家都有一個煩惱，就是不知道如何和外國人解釋「凍飲加兩蚊」，我就會這樣說：「It's the service charge for Cha Chaan Teng，less than 10%」！

「茶餐廳七不思議事件」之四，「去茶餐廳可以醫治選擇困難症」。

大家應該都有所聽聞，茶餐廳有好多潛規則。

例如：火腿配通粉、雪菜肉絲配米粉、沙嗲牛肉配公仔麵，就好似牛歡喜一定要配鹹酸菜，這個是定律！

所以，如果你不懂選擇，不想選擇，甚至不敢選擇，去茶餐廳食 ABCD 餐就 Very Good 了！

然而，曾經有網民在討論區搞了個投票，公仔麵如果只可以揀一種配料，一人一票選出 10 大最愛配料，第 1 位，竟然不是沙嗲牛肉！

大家猜猜公仔麵的 No.1 配料是什麼！

午餐肉？錯！只是第 5 位！

煎蛋？都錯！只是第 4 位！

芝士腸？I' m Sorry！只是第 3 位！

開估！沙嗲牛肉只是第 2 位，輸了個馬鼻[5]！

註 5：「險勝」的英名俚語是「won by a nose」，這個說法來自賽馬；當參賽馬匹衝過終點時，如果第一名的馬僅僅以一個鼻子的距離超前第二名，可謂「以些微之差險勝」。反之，落敗的第二名就會稱為「輸了個馬鼻」。

第1位，登登登登，就是五香肉丁！大家是否很意外呢？

當然，這個投票的結果，只可以作為參考，卻讓我們知一件事：

茶餐廳，其實是一個有很多不同選擇，可以令大家夢想成真的地方！

你是否覺得我有點自相矛盾呢？I'm Sorry！人生就是充滿矛盾。

生而為人，我們都應該有「選擇」。雖然有人會反對，說由茶餐廳經營者安排給我們的 ABCD 餐，並不是真正的「選擇」，但是你其實仍然有其他「選擇」啊！

你可以「選擇」「制水」、「選擇」「燒衣」、甚至「選擇」「打爛」，亦可以「選擇」五香肉丁配出前一丁，更加可以「選擇」邪惡的茄蛋餐肉菠蘿包。重點是你需要付出更高的價錢，一個你未必願意支付、或者能夠負擔的價錢。

ABCD 餐只是最廉價、最基本的「選擇」，未必是你心頭好的「選擇」，甚至有可能是的沒有「選擇」中的「選擇」。

所以，如果是一個成功的茶餐廳經營者，一定會為顧客提供最合適的「選擇」。如果做不到，就會被市場淘汰。

而作為一個懂得茶餐廳餐桌禮儀的好客，應該非常清楚自己想要什麼，簡單一句，就是「毋忘初衷」。遇到合心水的 ABCD 餐，只是 bonus！

如果你連面對 ABCD 餐都有選擇困難，我現在教你三個方法！

第一個方法：風象星座的雙子、天秤、水瓶揀 A 餐；火象星座的白羊、獅子、人馬揀 B 餐；土象星座的金牛、處女、山羊揀 C 餐；水象星座的巨蟹、天蠍、雙魚揀 D 餐。

第二個方法：四人同行，每人揀一個餐，然後一齊 share，Happy Together！

第三個方法：獨沽一味，你鍾意食乾炒牛河，即使 ABCD 餐沒有乾炒牛河，都要堅持選擇乾炒牛河！

記住，我們要在有限的條件下，堅持自己的選擇！

這個正正是茶餐廳比其他食肆優勝的地方，因為茶餐廳就是香港的縮影！

「茶餐廳七不思議事件」之五，「下午茶餐好抵食」。

茶餐廳的下午茶餐，多數由下午兩時半到六時供應，有些茶餐廳早到兩時就開始供應。部份茶餐廳的下午茶餐，只是減量的午餐，但是很多茶餐廳的下午茶餐，選擇比午餐更多！

我再說一遍，茶餐廳的重點是「選擇」。我們都應該有「選擇」。

所以，幫襯茶餐廳，識食，一定是食下午茶餐！隨時食兩個下午茶餐，比食一個晚餐更經濟實惠啊！

茶餐廳的經濟學，真是博大精深！如果你可以參透箇中的道理，絕對有機會拿下諾貝爾經濟學獎！

「茶餐廳七不思議事件」之六，「在茶餐廳的中心呼喊愛情」。

茶餐廳的最大特色，就是「搭枱」！

「搭枱」是彼此不認識的顧客坐在同一枱，一齊開餐。

有次我嘗試用 Google 英文翻譯「搭枱」呢個充滿香港文化的名詞，竟然是「Set up a Stage」！

Oh My God！「搭枱」的英文，不是應該「Share the Table」嗎？但是，當我沈澱了一會兒後，「Set up a Stage」，又似乎有種特別的意義！

很多茶餐廳都有卡位，而在這些卡位的位置上，都會貼有「四人座位：繁忙時間兩位請坐一邊」之類的告示，提醒客人坐卡位有「搭枱」的義務。

記住！我們來到茶餐廳，除了有「選擇」的權利，仲有「搭枱」的義務。

重點不只是「Share the Table」，更重要是「Set up a Stage」，讓其他顧客都可以在茶餐廳裡面，有一個屬於自己的舞台，享受屬於自己的短暫幸福時光。

有人話，香港一切的問題，都是源於土地問題。

茶餐廳通常都會將餐具收納在餐桌下的抽屜，部分甚至將物品就放在卡位的櫈底，就是要善用每一寸的空間。

「搭枱」，亦是解決土地問題的好辦法。更重要的是，每一次到茶餐廳，都可以是一場修行。正所謂「同枱食飯，各自修行」。

和你「搭枱」的陌生人，你以為跟你毫無關係，說不定你們其實是擁有一段宿世姻緣！

你現在看看身邊和你「搭枱」的人，看清楚他們，他們可能是你的另一半，亦有機會是你的未來外父、外母、老爺、奶奶。

更重要的是，「三人行，必有我師」，這不是我說的，是孔子說的。一個四人卡位，另外三位和你「搭枱」的人，隨時會是你的「老師」。即使你從他們身上學不到什麼大道理，卻隨時可以聽到很多有趣的八掛啊！

有人話，過去殖民地時代的香港，是「借來的地方，借來的時間」。

我卻認為，我們在茶餐廳，其實都是「借來的地方，借來的時間」。

所以，大家來到茶餐廳，千萬不要賴著不走！去茶餐廳，識食，一定是食完即走！因為你分擔的租金有限，午餐真的不要超過一小時，半小時就皆大歡喜。下午茶時段可以放任一點，晚餐就要視乎情況了！記住，重點是「好來好去」，「Easy Come Easy Go」！

否則，愛的反而就是恨，你將會呼喚出好多「茶餐廳的怨靈」，在門口排隊等位的那些餓鬼啊！這個正是「在茶餐廳的中心呼喊愛情」的真諦。

「茶餐廳七不思議事件」之七，「落 order 要講英文」。

在茶餐廳為什麼要講英文？你不是連 ABCD 也不懂得吧？

香港到現在應該仍是一個國際都市，中文和英文，都是香港的法定語文。很多時候，在香港講英文比講中文更方便，例如在茶餐廳，供應是「ABCD 餐」，並不是「甲乙丙丁餐」！

所以，在茶餐廳點餐，講 ABCD，既方便侍應，也方便自己，win-win situation！

好！解開「茶餐廳七不思議事件」的謎團後，是時候和大家分享「茶餐廳的餐桌禮儀」了！

「茶餐廳的餐桌禮儀」的關鍵究竟是什麼呢？三個字：英文是「FBI」，中文就是「快」、「靚」、「正」。

「快」，「Fast」，落order要快，進食要快，埋單都要快！最醒目當然是用現金埋單啦！除了現金，我們都接受電子支付，但是，在香港當然首選八達通啦！

「靚」，「Beautiful」，一個人有禮貌，就會特別靚仔靚女！你有禮貌，沒有無理過份要求，我們的伙記又怎會黑口黑面？

當然，人是有情緒的。我之前已經講過，茶餐廳沒有加一服務費，更重要的是，我們的伙記都沒有收貼士，下午茶餐是三十八元，就收你三十八元！所以，將心比心，你講多幾聲「唔該」當是貼士，讓我們的伙記心情好一點，服務就自然會好一點啦！

「正」，「Immaculate」，在茶餐廳進食，必須要有正確的態度！

記住，一開始就要用「驅魔聖水」，以正念洗滌心靈，然後就可以在「借來的地方，借來的時間」，好好享受短暫屬於自己的私人空間，「儀式感」真的是非常重要！

記住，「儀式感」並不是「假精緻」，「儀式感」是一種自我提升的信念，並不是用來炫耀的虛榮。

而最重要的是，大家必須謹記，茶餐廳是香港的縮影，亦是讓我們可以繼續「窮風流」的安樂窩。

今晚我很開心，亦很榮幸，可以和大家重溫茶餐廳的術語、解開「茶餐廳七不思議事件」的謎團、以及分享很重要的「茶餐廳的餐桌禮儀」，相信可以減少大家對茶餐廳侍應的誤解，可以更有效率地，享用在茶餐廳的每一餐。

作為一個「茶餐廳的親善大使」，希望大家可以繼續支持香港的茶餐廳，以及屬於我們的「茶餐廳文化」！多謝各位。

【茶餐廳的親善大使】／完

第三章

維多利亞鎮魂歌

人生如戲？戲如人生？

這是一個曲折離奇的愛情故事。

由他重遊維多利亞港，悼念總統戲院開始……

01

銅鑼灣，沒有銅鑼的銅鑼灣，留下了不少舊日的足跡的銅鑼灣。

因為那家歷史悠久的總統戲院於四月三十日結業，我再次來到熱鬧不似當年的銅鑼灣。

大學時代，我和舊女友拍拖時，經常來總統戲院看電影，因為這裡的票價較平宜，雖然音響及放映設備比不上同區的其他戲院，但對我們並不重要，因為……

每次看完電影，我倆都喜歡由景隆街轉入告士打道，在海風下，兜一個圈，從波斯富街來到謝斐道的小巴站，乘坐專線小巴返回在瑪麗醫院對面的香港大學宿舍……

看著售票處久違了的長長人龍，難免有所感慨，感慨一個時代的結束，感慨人類總是重複同樣的錯誤，總是在失去後，才懂得珍惜，才渴望挽回……

前年又一城的皇后餐廳結業時，有網民說現時的香港已經容不下「皇后」，今次輪到總統戲院結業，看來現時的香港連「總統」也沒有生存空間……

總統戲院於一九六六年開業，屬於新寶院線，由來自菲律賓華僑陳俊巖家族持有。上世紀五十、六十年代，陳俊巖兄弟來港投資發展，在香港買下多幢大廈，建立戲院王國。

單幢式的總統戲院在開業時，共有座位一千二百四十八個，當年專門放映首輪西片，開幕電影是《野戰雄師》[1]。戲院內，售賣的是熱狗、爆谷和汽水等新潮西

註1：《野戰雄師》（Lost Command），改編自法國作家 Jean Lartguy 於 1960 年出版的暢銷小說《The Centurions》，並由他兼任編劇，麥克洛遜（Mark Robson）導演，安東尼昆（Anthony Quinn）、阿倫狄龍（Alain Delon）、克勞蒂雅卡汀娜（Claudia Cardinale）、佐治史高（George Segal）主演，電影講述法國傘兵在法屬印度支那和法屬阿爾及利亞作戰的故事。

式食品，吸引不少觀眾捧場。

來到八十年代，總統戲院加入了金公主院線，開始轉為播映大量港產片。當年戲院門口經常擠得水洩不通，門外有很多小販售賣炒栗子、燒魷魚、雞蛋仔、甘蔗等小食，是很多香港人的集體回憶。

總統戲院曾經結業過一次，原本有兩層建築、逾千座位的大型戲院，經改建成為兩間合共四百二十八個座位的迷你戲院，於二零一一年重開，二零二四年正式告別。

我沒有打算看電影，只是隨意買了一張戲票作為記念。

我行出景隆街的露天位置，舉起已不算新款的手機，多角度拍攝了幾張可以清楚看到戲院招牌的相片。

我今天只是來打卡。我一邊在網上發放相片，一邊獨個兒前往駱克道，因此沒留意戲院外景隆街的燈柱上好像張貼了一些A4尺寸的街招……

在時代的巨輪推動下，已開始對不同店鋪結業潮感到麻木的我，不自覺地，回到了這間充滿回憶的二樓書店。

當年熟悉的老闆不在，只見一男一女兩個看似是工讀生的店員。店內的裝潢沒有太多改變，但已變成主要售賣以飲食文化為主的書籍。但當我行到店內一隅，就看見新增設的特價區，用幾個紙箱放滿舊書的特價區。

特價區內，竟然發現一本熟悉的小說！

封面和書脊上方一角崩裂的陳舊小說！

原價六十八元，現時特價十元的小說！

十年前我為了舊女友而寫的愛情小說！

我第一本小說，也是唯一的一本小說！

我拿起我的老朋友，看著封面那個笑容燦爛的日系女孩，內心不禁湧起千愁萬緒……

然而，當我翻開封面，看見扉頁上的文字時，我錯愕得說不出半句話！

「To Victoria：

Love U 4ever！♡♡♡」

「Victoria」是我舊女友的英文名……

這本被遺棄在二樓書店特價區，傷痕累累如同我此刻內心的二手小說，是當年我送她的珍貴禮物……

我不知道發呆了多久，當我回復清醒時，就以悲壯的心情，拿著我已消逝了的青春，沉重地行到收銀處。

束起雙馬尾的少女店員，笨拙地拿起掃瞄器，掃瞄小說封底的二維條碼時，突然面色一變，以可愛得有點刻意的聲音說。

「咦？這本不是特價書？」

她身旁戴著黑色粗框眼鏡，身穿日本動漫 Tee 的宅男店員，無奈地回應：

「可能是次貨吧！又或者是老闆自把自為的『顧客驚喜』吧！」

宅男店員沒有正面望向我的跟我說：

「抱歉！先生，雖然是次貨，但減價品不可退換。」

曾經嘔心瀝血的作品，連續兩次被形容為「次貨」，我的心情直插谷底。

我拿出剛才戲院找續的一張十元膠鈔票，放在宅男店員面前，然後一聲不響的拿書，轉身，離開，回家。

我本來打算逛逛附近的日資百貨公司，但我選擇了立即乘坐隧道巴士回家。

回家後，情緒起伏的我，開了一瓶單一麥芽的蘇格蘭威士忌。

在四十多度的酒精下，我終於有勇氣重溫了屬於我和 Victoria 的舊故事。

迎新營的邂逅。大學校園的牽手。宿舍天台的初吻。中環電車站的擁抱。水街甜品店的吵架。東京交流團的復合。

當我蓋上小說時，我哭了。

我分不清是被故事的情節所感動？

還是因為我再次變成「次貨」而感到悲痛？

其實，我和我的小說，已經不是第一次淪為「次貨」。

想當年，在大學宿舍的最後一星期，我以七日時間，寫好這個故事，自信滿滿的參加某個文學比賽，結果卻連入圍的資格也沒有。

作為一個活躍的日本動漫迷，定時發表動漫的相關評論，我當年的網誌也算是有點人氣，我自問也算是一個文筆不錯的工程系學生，怎料我的小說卻被評得一文不值。

誰說工程系學生寫不出好小說？大名鼎鼎的東野圭吾，不正是大阪府立大學工學部電氣工學科畢業的嗎？

其後在 Victoria 的介紹下，某家小型出版社，為我以半自資的方法，出版了這本我心目中的曠世巨著。結果，再一次令我大受打擊。

至於我本人為什麼會成為「次貨」？只怪當年我不聽 Victoria 的勸告，不理她的反對，固執地選擇到大陸創業，和大學同窗一同開設遊戲公司，籌備一個名為《維多利亞茶餐廳》，玩家扮演沒有背景的「外賣仔」，在逆境中努力成為「茶餐廳之王」，在全世界開設茶餐廳連鎖店的「人生規劃+育成遊戲」。

然而，正所謂「出師未捷身先死」，我的人生規劃，卻率先崩潰了！

Victoria 和我分手。

我有責任告訴大家，我是被 Victoria 拋棄的，但我卻對所有人都隱瞞了真相，謊報是由我主動提出分手。

大學畢業後，雖然順利找到跟電腦相關的工作，發展卻不算是稱心如意，只是大公司的一個看不見未來小小職員。作為一個男人，我當然希望幹一番大事業，讓 Victoria 更幸福快樂，但她並沒有支持我，我感覺彼此的步伐已經不再一致，曾埋怨她急於在三十歲前結婚，限制了我倆的可能性。

更可惡的是，我違背了對 Victoria 的承諾，擅自決定以準備結婚的儲蓄來創業。被蒙在鼓裡的 Victoria 得悉後，竟然沒有歇斯底里，也沒有淚如雨下，只是冷冷的對我說：

「你一定會後悔的。」

結果，Victoria 一語成讖。

結果，我上了寶貴的一課。

02

孑然一身的我回來後，蝸居於土瓜灣唐樓改建而成的劏房，好好思考下一步。

外在大環境和內心小宇宙，都處於一片動蕩紛亂時，我必須讓自己冷靜下來。

我想過找昔日的同學聚舊，但我擔心跟他們已沒有共同話題，而且大家也沒心情風花雪月。

我想過到台灣找我的父親，或是到英國找我的母親，但他們都已各自擁有新的家庭，我實在不好意思打擾他們。

我想過找一份跟遊戲有關的工作，但在香港實在不容易，這也是當日我選擇北上發展，令我一子錯滿盤惜落索的主要原因。

仍未找到人生方向時，我在網上認識了一位照顧獨居老人的義工，他的名字是

「佐治哥哥」。雖然素未謀面，我們卻非常投緣，某夜半醉的我向他大吐苦水後，他介紹了一份酬金不錯的工作給我，就是為他服務的志願組織更新官方網頁，以及修補保安漏洞。

這段時間，深居簡出，遠離煩囂，每日聽聽音樂，看看小說，寫寫程式，偶爾小酌幾杯，就像退休後的悠閒生活。

昨晚終於完成了網頁的更新。今早我發了電郵給佐治哥哥，提醒他需要注意的事項後，半小時內已收到酬金的餘數！我決定外出輕鬆一下。

結果，我再次面對我的黑歷史！

結果，我再次想起了 Victoria！

乖坐 106 巴士，返回土瓜灣的途上，我已嘗試在 facebook 尋找 Victoria，卻完全沒有她的蹤影。

難道她更改了 facebook 的帳號名稱？那年開始，為了種種原因，好多朋友都在 facebook 改了名、換了姓、轉了頭像……

我嘗試從我們的共同朋友入手，但是花了大半晚時間，也沒有任何關於 Victoria 的線索。

難道她終止了 facebook 的帳號？究竟發生了什麼事令她如此決絕？難道是因為跟我分手？

難道她已經放棄 facebook？現在只專注在 Instagram 或 Threads？但是無論我怎樣努力，也找不到她在 Instagram 和 Threads 的帳號。

難道是我用錯了搜尋方法？難道 Victoria 轉了到另一家銀行工作？難道她得到高手相助，完全消除了她在網上的痕跡？難道她……？

這個晚上，我輾轉反側，無心睡眠，只要我一閉上眼，就想起 Victoria……

翌日，我一早聯絡 Merlin。

他是我和 Victoria 的共同朋友。當年如果我和 Victoria 順利結婚，他會是伴郎。

「我昨日看見你在 facebook 的分享，我就想你什麼時候找我？」

「你…知道 Victoria 的近況？……」

「我知道啊！」

「你知道？你真的知道？」

「我知道！我真的知道！」

「她最近生活如何？過得好嗎？」

「發生了什麼事？難怪你仍然對她死心不熄？」

「我…只是…關心一下…舊朋友……」

「分手多年，你突然關心一下『舊朋友』？」

我猶疑了一會，最後決定告訴他有關「特價書」的醜事。

Merlin 哈哈大笑後，竟然令我情緒更低落。

「我聽說她已移民了。」

「她移民去了哪裡？」

「好像是加拿大。」

「加拿大那裡？」

「這個我真的不知道，但我知道有一個人可以幫你。」

「誰？」

「Elizabeth！」

Elizabeth 是另一位我和 Victoria 的共同朋友，她更是 Victoria 的室友。當年如果我和 Victoria 順利結婚，她會是 Victoria 的一號伴娘。

我一直覺得 Elizabeth 很討厭我，甚至有理由懷疑她是喜歡 Victoria 的，故此怨恨我「橫刀奪愛」。她曾警告我，在我接新娘時，將會為我準備好九九八十一款「玩新郎」的殘酷遊戲！

「我…換了新手機，沒有了她的聯絡方法……」

我好後悔，竟然對好朋友撒謊。

「這樣嘛…」Merlin 的語氣有點奇怪。「我幫你打聽一下。」

掛線後，我瑟縮於混亂的床上，嘗試整理「二樓書店絕版舊作（不是殺人）事件」的始末。

最合理的解釋，就是 Victoria 在移民前，將我親筆簽名送給她的小說，賣掉給我們相熟的二樓書店。但實情當真如此？

她過得好嗎？她在加拿大幸福快樂嗎？

她現在的工作如何？感情生活又如何？

她這麼喜歡小孩子，她已經結婚了嗎？

打掃後，我為自己煮了簡單午餐：餐蛋丁——午餐肉、太陽蛋、麻油味出前一丁。

這是我最拿手的菜式，當年在宿舍經常煮給 Victoria 吃的。Victoria 喜歡將麻油味出前一丁說是「紅白麵」，這款茶餐廳常見的餐蛋丁就是「紅白大戰」……

「紅白大戰」過後，我繼續瑟縮於混亂的床上。今日的天氣很好，窗外久違了的藍天白雲，陽光普照，但也許我昨晚睡得不好，我竟然睡著了。

我發了一個很奇怪的夢，夢中的竟然是 Elizabeth 跟我針鋒相對——

「哼！你還有面目找我？」

「妳…有 Victoria 的聯絡方法？」

「哼！你還有面目見她？」

「我想親口跟她道歉……」

「太遲了！」

「太遲了？」

「你已經沒機會了！」

「因為 Victoria 已移民……」

「因為 Victoria 已結婚了！」

「結婚了？」

「她現時在加拿大好幸福！好快樂！她有一對好可愛的囝囝和囡囡，是龍鳳胎，分別名叫『午餐肉』和『太陽蛋』！」

「她已經當了媽媽？」

「最重要是她還有一個非常疼愛她，永遠不會欺騙她，更不會在背後說她壞話的好丈夫！她的丈夫名叫『出前太郎』，來自『麻油地一丁目』……」

我慘叫一聲，突然從夢中驚醒，發覺已經是黃昏時分。

我查看放在電腦旁邊充電的智能手機，驚訝 Merlin 打了很多次電話給我。

我立即回覆 Merlin，他責罵了我為什麼不接電話後，故弄玄虛的跟我說：

「我有一個好消息，一個壞消息，你想先聽哪一個？」

「當然是先聽好消息！」

「我為你找到 Elizabeth 的聯絡方法了！」

「謝謝。」

「我告訴你壞消息前，請你做好心理和生理的準備。」

「對我來說，還會有什麼更壞的消息？」

「有！Victoria 失蹤了！」

03

Merlin 透過 signal，傳送了一張相片給我，相片內有一張尋人啟示。

這一張竟然是 Victoria 的尋人啟示！她竟然已經失蹤了一星期？不會吧！

我立即出門，以最快的方法，再次現身銅鑼灣，回到即將結業的名店門前的波斯富街。

就像 Merlin 給我的相片，每一支燈柱上，都張貼著 Victoria 的尋人啟示，聯絡人正是 Elizabeth。

看著 Victoria 在尋人啟示上的近照，既熟悉，又陌生，這麼近，那麼遠，我竟有種說不出的悲痛。

我茫茫然由波斯富街轉出軒尼斯道，發現沿著電車路的每支燈柱，都張貼著 Victoria 的尋人啟示。

我慢慢經過東角道，行到怡和街、邊寧頓街和糖街交界的環形行人天橋，隨手撕下其中一張尋人啟示，按照啟示上的電話號碼，戰戰兢兢地致電 Elizabeth。

電話很快就接通了。

「V仔？」

「V仔」是 Elizabeth 對 Victoria 的愛稱。

「Elizabeth，是我。」然後我自報姓名。

「哼！你還有面目找我？」竟然像夢境一樣。

「Victoria…發生了什麼事？…」

「哼！你還有面目見她？」繼續像夢境一樣。

「我…有什麼我可以幫手的？…」

「你現時在哪裡？」

「我在『轉圈天橋』附近……」

「轉圈天橋」是 Victoria 對這座環形行人天橋的特別稱呼。

「馬上給我滾來浣紗街一號！」

不待我有任何反應，Elizabeth 就掛線了。

猶疑了好一會兒，我決定向大坑出發。

我穿過維多利亞公園，在維多利亞女皇銅像前橫過高士威道，在中央圖書館的階梯前左轉，然後轉入火龍徑，直奔向銅鑼灣道，穿過班馬線，到達浣紗街。

當我喘著氣來到目的地，雖然 Elizabeth 戴著某部港產片的紀念品口罩，我卻一眼看出仍然是一頭短髮像男生的她，她正在燈柱上張貼尋人啟示。

「太慢了！」

「我…已盡快…跑過來了……」

Elizabeth 突然摑了我右邊臉。

「妳…幹嗎打我？……」

Elizabeth 突然再摑了我左邊臉。

「你傷害了 V 仔，活該被打！」

臉上熾熱的感覺，告訴我這不是夢境。

幾名剛巧路過的途人，看見我被 Elizabeth 連環掌摑，向我投下怪異的目光，即使隔著口罩，彷彿也可看見他們的嘲笑，令我羞愧得無地自容。

「如果我是男人，即使要坐牢，也會殺死你！」

果然，Elizabeth 對 Victoria 的感情，並非單純的「好姊妹」……

「第一巴掌，是我的！第二巴掌，是 V 仔的！」

「對不起……」

「你終於知錯了嗎？」

「我剛才已經道歉了……」

「你知道自己犯了什麼錯嗎？」

「我…對不起 Victoria……」

「錯！V 仔是因為你而離家出走的啊！」

「因為我……！？」

「起初我以為 V 仔只是患上婚前恐懼症……」

「婚前恐懼症？！Victoria 要和什麼人結婚？……」

「你有資格問這個問題嗎？不是由你主動提出分手的嗎？」

我無言以對。

「V 仔害怕你回來破壞她的婚禮，開始變得精神緊張，我擔心她會做傻事！」

「等等！她怎樣知道我回來了……？」

「你給我閉嘴！把握時間，跟我一起貼街招！」

我想起在網上完全找不到 Victoria 的訊息，突然感到不寒而慄。

為 Victoria 擔憂時，Elizabeth 已將一大疊尋人啟示塞到我的手裡。

我們由浣紗街開始張貼尋人啟示，然後轉入新村街，經過安庶庇街、布朗街和華倫街，沿施弼街回到浣紗街，然後進入京街，再由華倫街轉入書館街……

我們彷彿回到大學時代。記憶中，有一次 Elizabeth 所屬的電影學會在大學校園舉辦導演分享會，原本答應幫手的 Victoria 突然身體不適，由我代為擔任義工，竟然被分派和 Elizabeth 一起在校園張貼宣傳海報……

Elizabeth 雖然一臉忐忑不安，卻沒有想像因為好朋友失蹤的驚慌，難道是我的錯覺？或是我實在太不了解她？

無意中，我們四目交投，Elizabeth 竟然有點尷尬，隨即杏眼圓睜，怒盯了我一眼，我只好立即別過臉去，避開她的目光。

我望著尋人啟示上的 Victoria，不禁回憶起屬於我們的快樂片段……

在日資百貨公司頂層的特賣場購買情侶裝。在一站式家居用品店內構思未來愛巢的佈置。在已結業的卡拉 OK 內討論婚禮的細節。在維多利亞公園的噴水池邊煩惱婚禮的蜜月的行程安排。

一邊想，一邊貼，不知不覺間，我們來到著名的鐵皮茶檔附近。

一個長大英俊，但神色凝重的成熟男人，正在馬路旁等待我們。

「George？」

看見 Elizabeth 面色一變，我掩著臉，冒著生命危險的問她：

「他是誰？」

「V 仔的未婚夫，聘請的私家偵探。」

Elizabeth 走到 George 面前，細聲跟他說了幾句話，George 隨即上下打量我。過了一會，他跟 Elizabeth 點頭後，Elizabeth 轉身向我揮手，示意我馬上來到他們身邊。

「你已找到 V 仔？」

我刻意跟 Elizabeth 保持一點距離，卻仍清楚聽到焦急的問 George。

「壞消息！非常壞消息！兩位請做好心理準備。」

呼吸不由自主地加速，我的口罩已被汗水濕透了。

「我的同事，已找到 Victoria 小姐的屍體了。」

04

「轟！——」

Victoria 移民了？

「隆！——」

Victoria 結婚了？

「轟隆！——」

Victoria 失蹤了？

「轟！——隆！——」

找到 Victoria 的屍體了？她……死了？

二十四小時之內，由我發現那本「特價書」開始，我接連受到沉重的精神打擊！

我快要吃不消了！我的情緒崩潰了！

我突然渾身虛脫，頹然跪下，歇斯底里，哭成淚人。

然而，在恍惚中，我依稀聽到 George 和 Elizabeth 繼續對話……

「兇手，就是你！」

「喂呀！這句台詞不用了。」

突然，一陣熟悉的笑聲，打斷了我對 Victoria 的愧疚和思念。

竟然是 Victoria？！

身穿白色連身裙，甜美可人的 Victoria，活生生的在我眼前捧腹大笑？

我立即站起身來，撲上前去，想將 Victoria 擁抱入懷，卻被人阻止了。

不是 Elizabeth，也不是 Victoria，竟然是 George，擋在我和 Victoria 中間。

「Victoria…妳沒有死？…..」我分不清是驚是喜。

「我…快要…笑死了！…..」Victoria 仍笑個不停。

「我以為可以再玩多幾個回合，你令我太失望了！」Elizabeth 白了我一眼。

「你們先到店內慢慢談，好好的談，我和 Elizabeth 先去善後。」George 親切的對我說。

George 和 Elizabeth 離開後，我跟隨 Victoria 一同進入鐵皮茶檔的範圍內。

我看見懷舊的方型四人木摺枱上，有半份吃剩的油占多、半杯凍檸樂、半杯熱奶茶、還有一些雞翼的骨頭、以及一碗仍冒著煙的餐蛋麵——Victoria 最愛的午餐肉太陽蛋出前一丁。

我在 Victoria 示意下，茫然坐在充滿歲月痕跡的膠櫈上。

究竟發生什麼事？………

「你不是有話要跟我說的嗎？」

Victoria 優雅地捲起了一串出前一丁，一臉燦爛的笑容。

「我…對不起妳。」

「好！我原諒你。」

「妳原諒我？」

「你不想我原諒你嗎？」

「就是這麼簡單？」

「就是這麼簡單。」

「妳…怎知道我回來了？」

「我還知道你『欠下了一屁股的債』！」

「也不算太嚴重，這幾年白做了，再賠了一點錢……等等，是誰告訴妳的？」

「是 George 告訴我的啊！」

「妳的未婚夫，請他來調查我？」

「不！是你告訴他的啊！」

「我告訴他？……」

「你們不是好朋友嗎？」

「我們是好朋友？……」

「他還打算請你當我們婚禮的伴郎啊！」

「伴郎！？」

「下個星期，我們就要結婚了！」

「妳要和這個私家偵探…結婚？」

「他的正職，並不是私家偵探，而是『愛情蝙蝠俠』。」

「不會吧！妳跟我開玩笑吧！」

Victoria 從書店特製的限量版文青袋中，拿出紫色的喜帖，交到我的手上。我猶疑了一會兒，才有勇氣接過來。

「你快打開來看看。」

「看什麼？」

「看看我如何幸福！如何快樂！」

我慢慢打開喜帖，看不到 Victoria 的幸福和快樂，卻看到四個令我悲憤莫名的中文字——

長！男！佐！治！

「佐治？！」

「George 的中文名，正是『佐治』。他的弟弟，名叫『佑興』。」

「George 就是『佐治哥哥』？！」

「他是你的好朋友，『佐治哥哥』。」

「他假冒『佐治哥哥』來接近我？他昨日跟蹤了我？」

「他真的是『佐治哥哥』，也是我的『愛情蝙蝠俠』！你昨日去總統戲劇打卡，是你在 facebook 自爆行蹤的啊！剛巧被 Elizabeth 看見，緣分啊！」

「妳老老實實的告訴我，為什麼我在網上找不到妳？妳是刻意避開我？」

「我改了新的網名。George 和我是在書店相遇的，我現在是『顏如玉』。」

「那麼，我送給妳的小說呢？是妳放在書店內？」

「小說是我親手放在書店的特價區，價錢牌也是我親手打上的。」Victoria 突然開懷一笑。「因為我現在是那間書店的老闆啊！」

「妳放棄了銀行的高薪厚職？妳不覺得可惜？」

「勉強沒有幸福！我有一個上司，就突然辭職，開了一個有機農莊。」

「她受了什麼打擊嗎？」

「可能她跟我一樣，被負心的男友狠狠拋棄吧！」

「對不起……」

「一些你以為理所當然的事物，突然轉得非常陌生，你會明白再沒有回頭路，必須全力向前走！」

「你一定會後悔的。」我本來想將這句話原封不動的還給她，卻說不出口。

「我知道你認為我『你一定會後悔的』，但我有一個很疼愛的老公照顧我啊！加上我已做好風險管理，所以我有信心繼承這家充滿集體回憶的書店，為香港的文化界略盡綿力！」

「妳將我的小說大割價，是為了香港的文化界『略盡綿力』？還是為了吸引我的注意力？」

「你就當是陪我們玩一場遊戲。」

「遊戲？」

「『實時動態角色遊戲』。」

什麼遊戲？

「英文是『Live Action Role Playing Game』，簡稱『LARPG』。」

「我還以為…這是妳對我的懲罰……」

「你要感謝 George！是 George 教我原諒你的。」

「這場什麼『遊戲』，難道是 George 構思出來的？」

「喂呀！當然是 Elizabeth 的主意啦！」

竟然是 Elizabeth 的主意？……

「導演和編劇，分別是是 Elizabeth 的兩位劇團友好：『愛德華』和『瑪莉亞』。」

「愛德華」和「瑪莉亞」？……

「『愛德華』和『瑪莉亞』，你都已經見過，而且對話過，他們昨日在書店飾演店員啊！」

我愈發搞不清楚是什麼狀況。

「喂呀！一切謎團已經解開啦！要『懲罰』你的，不是我，是 Elizabeth 啊！」

「請問……就是為了跟我玩什麼『遊戲』，Elizabeth 將我的小說弄得破破爛爛？」

「喂呀！什麼破破爛爛？只是破損了一小片而已。」

「我的弱小心靈卻受到重傷……」

「有我當年所受的傷害嚴重嗎？」

「對不起……」

「只怪你當日激怒了我，我一時火光，就將你的書拋出窗外！待我回過神後，立即到街上尋回，慶幸沒有人因為你而受傷。」

「如果…我沒有上妳的二樓書店？找不到我的小說？」

「這樣就證明我們的緣分已盡，後會無期。」

「如果…我沒有嘗試找妳？沒有聯絡 Merlin？」

「這樣就證明我跟你分手的決定是正確的。」

「如果…」

「不要再『如果』了，其實我要多謝你啊！」

「妳要多謝我？」

「如果沒有你『主動跟我提出分手』，我也不會認識到 George，他才是我的真命天子啊！」

我不懂如何反應，只能傻笑。

「為了多謝你，我告訴你一個秘密！」

我繼續傻笑。

「Elizabeth 一直對你有好感，她比我更喜歡你的『紅白大戰』啊！」

我震驚得張開嘴巴。

「你今日的表情很好，順利通過了 Elizabeth 設定的遊戲第一關，我相信她對你加了分！你那個無疾而終的手機遊戲，可以找她在澳洲的表姑媽投資啊！」

我開始面容扭曲地傻笑。

「記住，你要將遊戲改名為《伊莉莎白茶餐廳》啊！」

「轟——！」我開始沒辦法思想，只能夠繼續傻笑。

「我們打算在婚禮前製作一段別有用心的宣傳短片，我和 George，Elizabeth 和你，以維多利亞公園作為主舞台，來一場名為《維多利亞鎮魂歌》的『幸福聯婚殺人事件』，跟我們在世界各地的親戚朋友玩一個半真半假的『虛擬遊戲』！」

Victoria 突然冷笑。她的嘴角閃過了一抹令人不寒而慄的冷笑。

「國強，我知道你一定非常樂意扮演故事裡那個因愛成恨的瘋狂殺人犯，『域多利監獄[2]的金毛強』！」

腦海迴盪著「轟——隆——！」巨響，膠櫈的其中一腳突然斷裂，我隨即失重跌落在地上……

※

這是一個幸福快樂卻驚險刺激的冒險故事。

由他回到已變成人間煉獄的域多利監獄，重遇仍然深愛的 Victoria 開始……

【維多利亞鎮魂歌】/完

註 2：域多利監獄（Victoria Prison 或 Victoria Gaol），位於香港島，建於 1841 年，是香港首座監獄，也是香港開埠初期最先以磚石建造的建築物之一。前稱中央監獄，1990 年起改名為「域多利監獄」，以紀念英國維多利亞女王。1995 年被列為香港法定古蹟，與舊中區警署、前香港中央裁判司署組成中區警署建築群。2006 年 3 月 12 日，域多利監獄正式結役，其後域多利監獄在內的中區警署建築群進行復修，活代成為「大館」，2018 年 5 月 29 日起正式對外開放。

第四章

飲勝！（咁至醒♪）飲勝！（大眾飲杯勁♪）
飲多杯勝嘅！（各位乾杯♪♪飲勝♪♪
喜氣洋洋♪♪）

「飲勝！」

這個奇妙的晚上，在這間熱鬧的大牌擋，正舉行一場不可思議的狂歡派對！大牌擋內，座無虛席，氣氛熾烈得近乎沸騰，就像是一場美食嘉年華，但更似向食神致敬的祭典。

然而，今晚的主角、全場的焦點卻是她——

一個隱約散發著神聖光芒的啤酒妹。

身型適中、身材苗條的啤酒妹，擁有一張可愛的臉蛋，令人心動的笑容、彷彿看透世事的明眸、以及一雙修長的白皙美腿。

然而，啤酒妹最令人留下深刻印象的，卻是在她左右上臂的獨特奇異紋身——左上臂的是重疊了「哀」和「喜」兩個面具，右上臂的是舊式十字架加一朵玫瑰花。

大家都不知道啤酒妹的名字，她刻意隱藏了自己的姓名，讓大家都稱呼她為

 | 飲勝！（咁至醒♪）飲勝！（大眾飲杯勁♪）飲多杯勝嘅！（各位乾杯♪♪飲勝♪♪喜氣洋洋♪♪）

「啤酒妹」。

啤酒妹的工作，當然是在大牌檔內售賣啤酒，她的業績非常厲害，每次駐場，即使不喝酒的客人，也會為了她而破例，甚至破戒。

與此同時，啤酒妹還有協助店員傳菜，以及為客人點菜。啤酒妹精通多國語言，而且對各道菜式都瞭如指掌，雖然餐牌上日已有英文菜名翻譯，但是她的講解更詳盡、更生動活躍、更能夠燃起客人點菜的慾望。

啤酒妹身兼多職，但她最重要的工作，也是使命，就是製造熱烈歡樂的氣氛，牽動每位客人的情緒。

「飲勝！」

這是她今晚第三次主動呼籲全場一起舉杯「飲勝！」。

「先飲為敬，反敗為勝！」

先前兩次，她是分別為了「失業」和「離婚」的客人而「飲勝！」。

「失業的人有福了！因為創業的機會是屬於他們的！」[1]

第一枱的客人，有男有女，有年輕的，也有較年長的，他們共十二人，正為被勸說提早退休的上司餞行。

飲勝！（咁至醒♪）飲勝！（大眾飲杯勁♪）飲多杯勝嘅！（各位乾杯♪♪飲勝♪♪喜氣洋洋♪♪）

啤酒妹心裡為這個失業的男人命名為「陳先生」。

她鼓勵了「陳先生」，跟這一枱的客人「飲勝！」後，竟然帶領全場客人，一同合唱由許冠傑作曲、填詞和主唱的經典粵語金曲〈飲勝〉。

註1：《聖經》裡耶穌「登山寶訓」的「天國八福」，記載於《馬太福音》第五章第3至9節。原文如下：

虛心的人有福了！因為天國是他們的。（馬太福音5:3）

哀慟的人有福了！因為他們必得安慰。（馬太福音5:4）

溫柔的人有福了！因為他們必承受地土。（馬太福音5:5）

飢渴慕義的人有福了！因為他們必得飽足。（馬太福音5:6）

憐恤人的人有福了！因為他們必蒙憐恤。（馬太福音5:7）

清心的人有福了！因為他們必得見神。（馬太福音5:8）

使人和睦的人有福了！因為他們必稱為神的兒子。（馬太福音5:9）

為義受逼迫的人有福了！因為天國是他們的。（馬太福音5:10）

「飲勝♪飲勝♪大眾飲杯勁♪♪
將所有事當係零♪個腦就平靜♪♪
飲勝♪飲勝♪就冇心火盛♪♪
公司嘅事要暫停♪興到就盡情♪♪」

大合唱後，她以燦爛的笑容，成功讓這枱客人多點了一打啤酒，並且按她的建議加菜，額外點了一味大牌檔的名菜「黃金蝦」[2]。

除了擬似是來自《聖經》的金句，她還擅長借每一道推薦的菜式，為客人帶來充滿正能量的祝福。

「黃金滿屋，衣食豐足！創業天驕，哈哈大笑！」

「陳先生」其他同事，都是老套地開解他「東家唔打打西家」[3]，但啤酒妹竟

註2：黃金菜式，是大牌檔名菜之一，當中以黃金蝦、黃金涼瓜最有名。煮法是先將食材以油輕炸至八成熟，隔油備用，然後加入以鹹蛋黃調製而成的黃金醬一起快炒至熟。

然鼓勵他創業，實在有點匪夷所思。

然而，據說「陳先生」受到啤酒妹的啟發，真的選擇了在逆境中以僅有的積蓄，和幾名昔日的部下一同創業，結果不只可以從事真正的夢想工作，更成功創立了屬於自己的事業。

聽起來很神奇嗎？這只是有關啤酒妹的其中一件都市傳聞。

這些年來，據說只要得到啤酒妹的祝福，無論你如何失敗，都會變成「人生勝利組」。

「離婚的人有福了！因為他們必重獲新生！」

那一枱坐了一對中年男女，他們看似比失業的「陳先生」更憂愁，只是簡單點了生炒骨、椒絲腐乳通菜和兩碗白飯。

他們的關係是「朋友以上，戀人未滿」，啤酒妹心裡將女人命名為「1號」，男人命名為「2號」。

註3：「東家唔打打西家」，意思是不在這間公司工作，就選擇另一間公司，總有不同的機會。

「1號」因為丈夫有外遇而提出離婚，正努力爭取兒子的撫養權，「2號」是她的大學同學，一直對她念念不忘。

啤酒妹鼓勵了失婚婦人「1號」，以及正為她煩惱的知己良朋「2號」，跟他倆「飲勝！」後，竟然帶領全場客人，一同合唱另一首經典粵語金曲〈飲勝〉，鄭少秋主唱的〈飲勝〉。

「飲勝咁至醒♪倒曬落肚先至醒♪♪
飲勝先算醒♪杯莫停♪勝♪♪
飲勝一次清♪今晚盡興杯要清♪♪
飲勝一於清♪咁至盡情♪勝♪♪」

大合唱後，她再以她的燦爛笑容，成功讓這枱客人多點了半打啤酒，並且按她的建議加菜，額外點了兩味大牌檔的名菜「酥炸生蠔」[4]和「蜜糖薯仔牛柳粒」[5]。

註4：酥炸菜式，是大牌檔名菜之一，當中以酥炸生蠔最有名。煮法是將調味好的食材沾上餐廳特製的粉漿後，放入油鍋，先以猛火熱油炸過，再改以慢火炸成，做出外脆內嫩的效果。

飲勝！（咁至醒♪）飲勝！（大眾飲杯勁♪）飲多杯勝嘅！（各位乾杯♪♪飲勝♪♪喜氣洋洋♪♪）

「生生猛猛，希望在人間！甜甜蜜密，有失必有得！」

除了如常借菜式的祝福，啤酒妹特別跟「2號」分享了一段經文。

「溫柔的人有福了！因為他們必得到真愛。」

據說「1號」很快就成功爭取到兒子的撫養權，並且，跟這個一直未婚、默默在背後支持她的好男人「2號」，建立了一個「1+2>3」的幸福家庭。

果然，只要跟一起「飲勝！」，而且得到她的祝福，無論你如何失敗，都會變成「人生勝利組」。

「失業」和「失婚」後，這次輪到「失戀」兼「失財」。

她此刻身邊的一枱，坐了三位年輕男子，他們點了豉椒炒蜆、炸大腸、小炒王和三碗白飯。

只見其中一人滿臉愁容，啤酒妹心中為他命名為「少年A」，他完全沒有動過他的那碗白飯，只是吃了幾隻炒蜆，然後不停喝酒。

「少年A」剛剛失戀，而且被這個在網上認識的「女朋友」，騙走了所有銀行

註5：根據多項網民票選大牌檔最愛菜式，蜜糖薯仔牛柳粒，都名列三甲之內。

存款，他甚至為了這位「女朋友」申請幾張信用卡，並且簽賬超過了信用額上限，兩位好兄弟「少年 B」和「少年 C」，正在嘗試開解他，卻找不到解決方法。

「哀慟的人有福了！因爲他們必得安慰。」

「安慰？妳怎樣安慰我啊！」

「少年 A」情緒激動，竟然對啤酒妹發脾氣。

「啊！！！！！！！！」

「嗚……嗚嗚……嗚嗚嗚……」

暴喝一聲後，他開始嚎啕大哭，哭成淚人。

大牌檔內，氣氛逆轉，部分客人已停下來。

「少年 B」想安慰「少年 A」卻手足無措，另一位朋友「少年 C」較為醒目，立即向啤酒妹陪罪。

啤酒妹對「少年 C」燦爛一笑。

同時突然猛力掌摑了「少年 A」。

驚魂未定的他，立即停止哭泣。

大牌檔內，立即變得鴉雀無聲。

啤酒妹拿起枱上的一張餐紙，寫了一個人名和手機號碼，然後遞給「少年A」。

「你明天找他幫手，說是我的客人，他有辦法為你拿回屬於你的東西。」

「少年A」一臉難以置信，遲遲未有接過餐紙。

「少年B」代為接過餐紙，卻猶疑地問啤酒妹：

「他…是什麼人？」

「你不需要知道他是什麼人，只需要知道，他最討厭網上詐騙的混蛋！」

「少年B」有點如釋重負的感覺。

「當然，他會收取合理的報酬。」

「少年A」有點哭笑不得，不知道如何反應。

「不用擔心，是你可以承擔的，就當是買個教訓吧！」

「少年C」懂得人情世故，突然站起身向啤酒妹鞠躬。

「少年B」也示意「少年A」一同起身向啤酒妹鞠躬。

「使人和睦的人有福了！因為他們必被稱為『好兄弟』。」

啤酒妹訓勉了「少年B」和「少年C」，跟他們三位「飲勝！」後，隨即帶領全場客人，一同合唱經典粵語金曲中的金曲，徐少鳳主唱的〈喜氣洋洋〉。

飲勝！（咁至醒♪）飲勝！（大眾飲杯勁♪）飲多杯
勝嘅！（各位乾杯♪♪飲勝♪♪喜氣洋洋♪♪）

「齊鼓掌♪歌聲放♪♪

今晚開心唱♪請鼓掌♪♪

齊鼓掌♪歌聲唱♪♪

今晚開心唱♪請欣賞♪♪」

啤酒妹示意大家一起鼓掌，並且跟三位少年一同手舞足蹈。

「熱烈地彈琴♪熱烈地唱♪♪

歌聲多奔放♪個個喜氣洋洋♪♪

飲多杯勝嘅♪各位乾杯♪♪

飲勝♪喜氣洋洋♪♪」

載歌載舞的大合唱後，啤酒妹以夾雜著慈愛和威嚴的眼神，成功讓「少年A」多點了一打啤酒，並且按她的建議加菜，額外點了三味大牌檔的名菜「西檸雞」、「椒鹽鮮魷」和「啫啫通菜煲」。

「食咗西檸雞，將怪獸打低！」

「食咗椒鹽魷，衰人運路走！」

「食咗啫啫煲，勇氣Go！Go！Go！」

飲勝！（咁至醒♪）飲勝！（大眾飲杯勁♪）飲多杯勝嘅！（各位乾杯♪♪飲勝♪♪喜氣洋洋♪♪）

這次啤酒妹竟然像哄孩子的語氣，搞笑地說出對三位少年的祝福。反而像灣仔鵝頸橋下「打小人」的模式，對網上詐騙的犯罪集團，作出嚴厲的詛咒。

「少年A」終於笑了。

「少年B」和「少年C」都暫時鬆一口氣。

大牌檔內，立即回復先前的熱鬧氣氛，大家都繼續吃喝玩樂，彷彿剛才的事情從來沒有發生。

除了一人。

一個獨坐在暗角、不動聲色的年輕人。

一個彷彿有股特別的氣場，跟大牌檔的氣氛有點格格不入的俊朗年輕人。

他只點了魚香茄子煲和一碗白飯。

他的食法有點獨特，竟然是將白飯放入煲內，完美地混和了茄子與其他材料，有節奏地，不徐不疾地，以自備的環保匙羹，盛起每一口飯，仔細咀嚼二十下，然後慢慢吞下去。

在他細嚼慢嚥時，啤酒妹繼續一邊售賣啤酒，一邊鼓勵或勸慰不同的客人。

「失去夢想」和「失去人生方向」的客人，先後得到啤酒妹的祝福。

這位年輕人看準時機，突然向啤酒妹揮手，看似是要點啤酒。

啤酒妹有點錯愕，在這一刻前，她完全察覺不到這位年輕人的存在，他彷彿突然無聲無色地出現在大牌檔內。

然而，今晚有太多客人，也許是看漏眼吧！雖然她以前在大型聚會時習慣了一眼關七……

啤酒妹行向這位年輕人，心裡為他命名為「X」，神秘莫測的「X」，因為他完全看不通，看不透。

「年輕人，需要啤酒嗎？」

「您好！在下有事請教。」

「X」雖然說著香港流行的純正廣東話，用詞、語氣和聲調卻有點怪異，就像是機械人一般。

「『請教』太嚴重了！有什麼可以幫到你？」

「請問：『飲勝』和『乾杯』的英文都是『Cheers』，究竟有什麼分別？」

「這個問題，你應該問你的語文科老師吧！」

「在下相信，您的答案，會比教科書裡的內容，更具有參考價值。」

「你知道『乾杯』的英文除了『Cheers』，還有一個更合適的詞語嗎？」

「在下知道，『Bottoms up』更合適表示『乾杯』。」

「那麼，你知道『Cheers』除了『乾杯』，還有另外兩個意思嗎？」

「在下知道，『Cheers』還有『多謝』和『再見』的意思。」

「『Cheers』在所有英語系的國家中，都可以表示喝酒慶祝場合的『乾杯』，但是只有在英式口語對話中，才可以作為表示『多謝』和『再見』，你清楚明白嗎？」

「清楚，明白。」

「X」停了半晌，繼續剛才的提問。

「請問：『飲勝』和『乾杯』，有什麼分別？」

「我欣賞你的堅持！很多香港人視『水』為『財』，故此對『乾』很忌諱，特別是做生意的，多數會以『飲勝』代替『乾杯』。」

「原來如此。香港話真的是博大精深，如同『唔該』和『多謝』一樣的不容易。」

「我解答到你的問題嗎？」

「您的答案，衍生了新的問題。」

「思考問題前，先來一樽啤酒，好嗎？」

「好。但是……」

「你想喝常溫？」

啤酒妹察覺到「X」不像是本地人，故此有此一問。

「常溫？好。不好意思，在下有另一個問題。」

「你有什麼問題呢？」

「請問：『一樽』和『一瓶』，有什麼分別？」

啤酒妹差點被氣壞，但是她早已習慣了，訓練有素。

「完全沒有分別！我等會拿『一瓶』常溫啤酒給你！」

啤酒妹見「X」沒有拒絕，就當是他同意了，立即為他寫單。

啤酒妹奉上常溫啤酒時，「X」彷彿正在思考中，完全沒有反應。

啤酒妹為「X」打開瓶蓋，盛滿了整個玻璃杯，「X」仍是一動也不動。

啤酒妹轉身離開，照顧其他客人時，竟然瞥見到「X」將啤酒傾瀉在煲內，跟魚香茄子和白飯混在一起……

當時啤酒妹心想，這是她遇過最奇葩的客人！

飲勝！（咁至醒♪）飲勝！（大眾飲杯勁♪）飲多杯勝嘅！（各位乾杯♪♪飲勝♪♪喜氣洋洋♪♪）

然而，他只是一個「奇葩的客人」那麼簡單？

※

忙了大半個晚上，啤酒妹終於下班了。

脫下啤酒妹的制服，換上樸素的衣服，她就像變了另一個人。

在她離開了大牌檔，在路邊等車回家時，驚訝今晚的月亮特別圓，正想拿出手機來拍照，突然有人叫停了她。

「殷傳道。」

竟然是剛才那個奇葩客人「X」！

她竟然知道啤酒妹的真正身份！？

她表面上是一個熱情好客的啤酒妹，但曾經是一個教會的傳道人。

無奈，因為各種的原因，她不能夠繼續留在她事奉多年的教會裡……

她曾經考慮離開，離開她從少接觸的宗教、離開這個她出生和成長的城市、離開一切她熟悉的事物……

可惜，她辦不到。她離不開，也留不低。她只好選擇改變自己。

身處逆境，雖然你無法改變大環境，但是你可以改變自己的心境。

只有我們的心境，才能夠決定我們看到的天空是什麼顏色？只有我們的心境，才能夠決定我們的處境是逆境？還是順境？

重點是「飲勝」！借「Cheers」來「cheer up」有需要的人！

起初她是為了幫助一名突然病倒了的姊妹，客串了一晚「啤酒妹」。

結果，施比受更有福，她竟然找到了新的事奉方向，以及人生意義——

和勞苦擔重擔的失敗者，一同「飲勝」！

以菜名作為祝福，借「飲勝」來傳福音！

讓他們身心靈重新得力！「反敗為勝」！

「您沒有認真回答我剛才的問題。」

「你究竟是什麼人？」

「在下曾經是一個『香港人』，但現在已經搞不清楚是什麼身份？」

「你老實回答我，你究竟是什麼人？」

「如果在下只是一個還未『飲勝』的『醉酒佬』，您會否較容易接受？」

「你老老實實回答我，為什麼要來找我？」

「困擾在下的問題，只有您才可以解答。」

「你為什麼要執著那個無關痛癢的問題？」

「請問：『執著』和『堅持』，有什麼分別？」

「當然有分別！但我累了，現在沒氣力回答了！」

「我知道您身心俱疲，但是，我今晚必須弄清楚：『飲勝』和『乾杯』，有什麼分別？」

「『乾杯』只是一個動作，『飲勝』卻是一種信念。」

「『飲勝』是一種信念？相信我們總有一天會勝利？」

「Cheers。」

「您是跟在下說『再見』？」

「我真的累了，我需要回家好好休息。」

「為義受逼迫的人有福了！因為天國是他們的。」

「Cheers。」

「這次您是跟在下說『多謝』。」

啤酒妹準備離開時，「X」突然捉起她的左手。

當她正要大叫時，「X」示意她攤開手掌，她不知道為什麼會照做，「X」竟然將一顆種子，放在她的掌心處。

「千萬不要低估一顆種子的力量。」

啤酒妹將這顆種子緊握在手裡，竟然感到有股莫名其妙的溫暖。

啤酒妹立即轉身，沒有回頭，她雖然不明白是什麼一回事，卻選擇相信她遇見了一個天父派來讓她反思「得勝生活」的奇葩客人。

故此，她看不見「X」突然在月夜下消失了。

她也聽不到「X」在消失前的一番自言自語：

「佳餚配美酒，令味道昇華，並不是重點。」

「『飲勝』是一種祝福，故此令食物變得更美味！」

「果然，真正的『香港味道』，其實是『人情味』。」

【飲勝！（咁至醒♪）飲勝！（大眾飲杯勁♪）飲多杯勝嘅！（各位乾杯♪♪飲勝♪♪喜氣洋洋♪♪）】/完

第五章

好嘅一餐，唔好嘅又一餐？

這是他們在這個月的例行越洋團聚。

一起在網上暢所欲言實時分享彼此生活。

即使天各一方，仍可以品嚐和傳承家鄉美食。

屬於他們的、不能被取代的、回憶中的香港味道。

※

他們分別是大強、偉業、興發與福榮。

在英國的大強、在台灣的偉業、在加拿大的興發、以及仍然留在香港的福榮。

由中學時代開始，他們已經是感情要好的好朋友。雖然今天分散各地，卻在福榮建議下，舉行每月一次的網上飯聚。

現在是香港時間晚上十二時左右、英國時間下午五時許、加拿大溫哥華時間早上八時多，香港和台灣沒有時差；他們分別在電腦前吃下午茶、早餐和宵夜。興發在家中煮了沙嗲牛肉麵、偉業身處台南名店「英倫港式餐廳」、大強正在他家中的「香港味道實驗室」煮老火湯，福榮獨自留守他已接手兩年的火鍋店……

※

福榮：大強，恭喜你！你的「香港味道實驗室」網上頻道，訂戶已突破十萬大關！

大強：多謝！但其實十萬只是一個小數目。

偉業：十萬啊！只是一個小數目？我在 Threads 的跟蹤者只有大約一千人。

興發：兩年前，我們怎會想到，大強竟然變成了著名美食 KOL？果然是 C'est la vie[1]！

偉業：咦？你竟然懂得講法文？

註1：C'est la vie，法文「這就是人生」的意思。

興發：人在加拿大，入鄉隨俗，當然要有幾句法語傍身！你呢？你的國語應該已進步不少吧！

偉業：我這段時間主要在南部，反而開始學習台語，發覺跟廣東話有點相似，很有親切感！

福榮：無論是年紀多大，我們都仍然是學生！在不斷學習中，我們都展開了人生的第二階段！

大強：教授，我其實是被迫的啊！移居「劣食之邦」後，你想食到香港菜，只可以靠自己了！

福榮：我很欣賞你的「香港人煮香港菜」，每集都有收看。

興發：我最欣賞你每集的食譜，簡單易明，我幾乎每星期都照樣煮給老婆吃！

大強：你煮了什麼菜式給嫂子品嚐？

興發：我多數煲湯，連湯料一起伴飯。上次煲了蕃茄薯仔鯇魚尾湯，再上一次就煲了木瓜雪耳雞腳湯。

偉業：我也按照你的方法，和女朋友煮了皮蛋瘦肉粥，我們在台灣，很難吃軟綿綿的香港粥，都是像潮州粥的爛飯粥！我再用台灣最有名的新竹米粉，學你改良選用印度咖哩粉，煮出重慶大廈風味的星洲炒米。

大強：用印度咖哩粉來煮星洲炒米，是我一位印度裔朋友啟發我的！我們經過一連串的實驗，終於找到味道的平衡。

興發：幾乎忘了你當年在大學是主修化學的，你這個「香港味道實驗室」，也算是你的老本行！

大強：奔波半生，一事無成，但總算有一片屬於自己的地方了！

福榮：這是一個從香港移居英國的中年大叔，由尋找青蘿蔔開始的勵志故事！

偉業和興發一同哼起《尋找他鄉的故事》[2]的主題音樂。

註 2：《尋找他鄉的故事》系列是亞洲電視於 1998 年至 2004 年製作的一個資訊紀錄節目，由鍾景輝擔任旁述，講述在世界各地海外華人的生活點滴。節目中為人熟悉的背景音樂是採用喜多郎作曲的《Dance Of Sarasvati》，片頭的「尋找他鄉的故事」一詞則由金庸所題。節目推出後獲得好評，也成為亞洲電視其中一個高收視的節目。

大強：在英國，青蘿蔔不只是貴價貨品，而且不容易買到，我經過多次實驗後，用 Brussels Sprouts[3] 來代替青蘿蔔，煲出來的青紅蘿蔔豬骨湯，效果竟然跟青蘿蔔出奇的相似！

興發：我們在加拿大的超級市場，也不常看見青蘿蔔，反而很流行「黑蘿蔔」，英文是「Black Radish」，法文是「Radis Noir」。

偉業：你用黑蘿蔔來煲湯？

興發：我會和其他蔬菜一起拌成沙律。

福榮：大強用來代替青蘿蔔的 Brussels Sprouts，在加拿大應該都很常見！

興發：Oui[4]！Brussels Sprouts 的中文是「抱子甘藍」，就像小型的椰菜，在

註3：抱子甘藍（學名：Brassica oleracea var. gemmifera，英語：Brussels sprout），又稱球芽甘藍、布魯塞爾芽菜，是甘藍類 Gemmifera 品種群中的一員，因可食其芽而被人類栽植為一種蔬菜。

註4：Oui，法文「是的」的意思。

台灣叫「高麗菜」。你怎會想到用來代替青蘿蔔？

大強：為了飲一碗回憶中的青紅蘿蔔豬骨湯，我嘗試了很多不同的代替品，終於在誤打誤撞下，找到 Brussels Sprouts，但是……

偉業：但是什麼？

大強：你們聽過「忒修斯之船」[5]嗎？

福榮：青蘿蔔被 Brussels Sprouts 代替了，這是否仍是青紅蘿蔔豬骨湯？

註 5：「忒修斯之船」，英語是「Ship of Theseus」，亦稱「忒修斯悖論」，是形上學領域內關於同一性的一種悖論。忒修斯是傳說中的雅典國王。公元一世紀的希臘作家普魯塔克（Plutarchus，約 46 年至 125 年）提出了一個有關「忒修斯之船」的問題：

如果忒修斯的船上的木頭逐漸被替換，直到所有的木頭都不是原來的木頭，「這艘船還是原本的那艘忒修斯之船嗎？」如果是，但它已經沒有最初的任何一根木頭了！如果不是，那它是從什麼時候不是的呢？

大強：還有另一個更深層次的問題。

興發：你擔心 Brussels Sprouts 的營養不及青蘿蔔？

大強：沒有青蘿蔔的青紅蘿蔔豬骨湯，仍算是「真正的香港味道」？

偉業：人紅了，開始有人針對你？質疑你？挑戰你的江湖地位？

大強：我早前跟其他「香港人」飯聚時，遇見一個奇怪的大學生，他向我們提出了很多奇怪的問題……

※

當日，在大強家中一起飯聚的「香港人」，分別是——

身穿香港電影主題 T-Shirt 的 Singh、白色連身長裙的 Olivia、身穿威爾斯老牌足球隊「紅龍」域斯咸（Wrexham AFC）球衣的 Meredith、大強的鄰居「叉燒炳」（又名 Uncle Ben）、「叉燒炳」的太太「炳嫂」（又名 Auntie May）……

Singh，印度人，男性，年約四十，研發 AI 的軟件工程師，篤信佛教，香港電影的忠實粉絲。他已離婚，前妻是香港人，是他在香港工作時認識、相戀及結婚，和平分手，沒有兒女。現時跟愛犬 Stephen 一起生活。

Olivia，蘇格蘭和香港混血兒，父親是蘇格蘭人，母親是香港人，女性，年約三十，藝術工作者，大學兼任講師。大學時代有一年在香港交流。同性戀者。環保份子。

Meredith，威爾斯人，女性，三十出頭，律師，也是一個足球運動員。曾經在香港留學和執業。同性戀者，Olivia 的另一半。

Olivia 和 Meredith 是在香港認識，兜兜轉轉後，在英國久別重逢，終於成為一對戀人，並且共階連理。

叉燒炳，馬來西亞華僑，男性，年逾六十，大酒樓退休廚師，大強的鄰居。他和炳嫂有三名女兒，分別嫁到美國、澳洲和日本，現時和炳嫂過著幸福的生活。

叉燒炳即使已退休，仍然定期製作燒味。他在車房有一個傳統炭爐，是他從香港帶過來的。他一直有做街坊生意，大強經常幫襯他買燒味，跟他混熟後，偶然會問他借用來自製燒味。

炳嫂，台灣人，女性，年逾六十，家庭主婦，按照她的說法，她這份工作是「沒有退休」。她來香港旅行時，跟叉燒炳邂逅，然後遠距離戀愛，在父母反對下結婚，生兒育女，白頭到老。

叉燒炳和炳嫂，因為臨時有事而遲到，現已到訪大強家中的，只有 Singh、Olivia 和 Meredith、以及大強口中那個「奇怪的大學生」。

他以「HK1841」作為網名，自我介紹是香港大學的歷史系學生，他說需要完成一份很重要的作業，作業主題是「回憶中的香港味道」，所以向大強求助，希望可以訪問他，以及大強其他同樣喜歡「香港味道」的朋友。

大強跟他雖然在年齡上有一段距離，而且只是認識了一個多星期，卻意外地很投緣，加上他非常有趣，幾乎每日都在網上交流飲食心得。他告訴大強，他剛巧在倫敦交流，大強於是邀請他乘坐「伊利沙白線」來雷丁一聚。

大強的兒子住在寄宿學校，太太今日為她心儀的國會議員候選人助選，所以由他獨自招呼各方「香港人」友好。

大強一直好奇「HK1841」是什麼模樣，今天終於見到本尊，他真的如同個人資料相片，就像一個英俊的韓國男星。

「Hello! Everybody, I’m “HK1841”.」

大強目測他是二十出頭，身穿便服的他，外貌跟個人資料相片沒有分別，真人反而更英俊，英俊得有點不自然。

雖然他是黃皮膚，大強分卻不清楚他的種族和國籍，也許是膚色比一般人白皙，看來較像日本人或韓國人，如果是華人，應該是屬於北方的血統。然而，根據他的自我介紹，他是一個「香港人」。

「Hello！我是 Singh！」

「Nice to meet you！」

「你不用跟我說英語，我們都懂得廣東話。」

Singh 友善地對他說。

「記住！是『香港話』，不是『廣東話』！正如『威爾斯語』不是『英語』！」

Meredith 立即糾正 Singh。

「『蘇格蘭語』也不是『英語』。」

Olivia 小鳥依人地附和 Meredith。

「帥氣的是 Meredith，美麗的是 Olivia。」

Singh 親切地為他介紹這一對璧人。

「感謝！在下受教了。」

第一句是回應 Singh，第二句是回應 Olivia 和 Meredith。

「『在下』？你看得太多歷史劇？」Singh 有點啼笑皆非。

「在下在出發前，觀看了一套發生在已消失了的『九龍城寨』的歷史電影。」

「Oh My God！那套怎會是『歷史電影』？那是香港電影中最重要的類型『動作電影』，也可以歸類為『武俠電影』！」

「在下起初是因為要研究『魚蛋粉』和『綠寶橙汁』[6]，所以將這套電影作為論文的參考之一。但是，在下往後發現，香港幾間以沙嗲湯底馳名的火鍋店，老闆

註 6：「綠寶橙汁」不是汽水，是橙汁飲品，因為沒有「汽」。1950 年前，牛奶公司已在香港代理銷售「Green Spot 橙汁」，當時並沒有中文名稱，市民俗稱「大公司橙汁」。1950 年，維他奶前身的香港荳品有限公司在成功奪得代理權，生產和銷售，並改了「綠寶」這個中文名字稱。直到 1957 年，代理權屆滿，由淘化大同公司接手。到了九十年代，淘大將代理權賣給生產公仔麵的永南食品。2000 年後，「綠寶橙汁」逐漸消失在香港市場。

都曾經是『九龍城寨』的居民，有民間歷史文獻記載，香港最正宗的沙嗲湯底，都是源自『九龍城寨』！」

「你真的很可愛！」Meredith 看著他認真回答，突然覺得他很搞笑。

「又英俊又可愛！」Olivia 開始被他的容貌吸引，雙手做出心型手勢。

「你叫什麼名字？你想我們叫你『HK1841』？或是簡稱『HK』？」

「『HK』？可以。」

這個奇怪的大學生，比大強想像中更有趣。

大強正在廚房準備今晚的「家常便飯」，他按照各人的口味，特別設計了六餸一湯：茄汁蝦、生炒骨、煎蓮藕餅、豆豉鯪魚炒油麥菜、清蒸鯛魚（Sea Bream）、和豉油雞，重點是有大量海鮮的錦繡冬瓜粒湯。

大強從廚房走出客廳，這個奇怪的大學生，竟然誠惶誠恐地跟大強握手。

「大師，您好！」

他一直尊稱大強為「大師」，大強起初有點抗拒，但在他的堅持下，也只好欣然接受。

「你是坐哪一班火車？你比我預計的早到。」大強好奇地問他。

「在下不敢遲到，所以提早出發。」

「你想喝什麼？雪櫃有啤酒和汽水，我亦準備了紅酒，Singh 帶了日本清酒，Olivia 就有蘇格蘭威士忌。」大強親切地問他。

「請給在下一杯白開水。多謝。」

「你肯定？」Olivia 舉起手中的威士忌，笑著問他。

「Come on！You have balls for doing that！」Meredith 忍不住嘲弄他。

「在下今日有任務在身，不宜醉酒。」

「你真的是大學生？還是小學生？You really drive me nuts！」Singh 也向他施壓。

「請問：『drive me nuts』和『drive me bananas』，有什麼分別？」

「其實沒有大分別，但如果你不陪我們喝酒，沒有人會接受你的訪問！」Singh 繼續向他施壓。

「在下這個身體，能夠分解酒精的能量有限⋯⋯大師，請給在下一小瓶啤酒。」

「不用麻煩『大師』，我來為你拿啤酒！」

Singh 成功令他改變主意，一邊向 Olivia 和 Meredith 示威，一邊行入廚房。

「多謝！在下為各位準備了香港手信。」

「『香港手信』？是吃的嗎？」

他輕輕點頭。

「老婆餅？還是蝴蝶酥？不要告訴我是小熊曲奇！」

「不！在下為大家帶來了『香港味道』。」

他所說的「香港味道」，並非一般的「香港味道」，竟然是——

「余均益」的辣椒醬。

「廖孖記」的原味腐乳。

「檸檬王」的甘草檸檬。

「京都念慈菴」的蜜煉川貝枇杷膏。

看到他從大背囊中拿出的「香港手信」，Singh、Olivia 和 Meredith 都彷彿如獲至寶，大強亦不禁對他刮目相看。

他從 Singh 手上接過啤酒，淺嚐一口，就將啤酒放在一旁。

「不！你必須乾了它！」Meredith 跟他開玩笑。

「好的！乾杯！」

他立即將啤酒一飲而盡。

Singh 為他鼓掌，並接過他手上的空瓶。

「其實，你剛才應該說『飲勝』！」Singh 更正他。

「請問：『飲勝』和『乾杯』的英文都是『Cheers』，究竟有什麼分別？」

「你剛才拿著的不是『杯』啊！」Singh 指出重點。

「所以，在下應該說『乾瓶』？」

「不是『瓶』，是『樽』。」Meredith 更正他。

「『樽』？」

「『樽』，『玻璃樽』的『樽』。有一套香港電影，就是名叫《玻璃樽》[7]。你看過嗎？」Singh

「《玻璃樽》？抱歉。沒有。」

註7：《玻璃樽》（Gorgeous），是一部於1999年農曆新年賀歲檔期上映的香港電影，谷德昭負責導演、編劇，由成龍（兼任監製、編劇，並與成家班共同擔任動作指導）、舒淇、梁朝偉、周華健、任賢齊等巨星領銜主演。

「再來一樽？」Singh 有點不是味兒。

「不用了！多謝。」

「你現在應該說『唔該』！」Olivia 更正他。

「請問：『唔該』和『多謝』的英文都是『Thank you』，究竟有什麼分別？」

「請問：你是來跟我們學習香港話？還是為了『香港味道』而訪問我們？」

Meredith 刻意模仿他的語氣。

「不要欺負他！他只是個孩子！」Olivia 怪責 Meredith。

「在下可以開始訪問大家？」

「你剛到埗，仍未齊人，不妨先輕鬆一下！」大強奇怪他為何如此心急。

「『要愛惜光陰，因為現今的世代邪惡。』[8]」

「你是基督徒？還是天主教徒？」Olivia 突然皺眉。

「在下不是基督徒，也不是天主教徒，只是因為課程需要，花了點時間研究《聖

註 8：《聖經》以弗所書第五章第 16 節。

經》。」

「你也有研究佛學嗎？」Singh 好奇問他。

「我相信維繫人類的『緣』，是一種神奇的力量。」

「你相信有 UFO 嗎？你相信各種超自然現象嗎？」Meredith 追問他。

「在下不會排除任何可能性。」

「你真的很可愛！」Meredith 覺得他很有趣。

「又英俊又可愛！」Olivia 附和 Meredith。

「又有緣又可愛！」Singh 也說出心底話。

「這樣吧！我們一邊接受你的訪問，一邊等待炳哥和炳嫂吧！」

對於大強的提議，Singh、Olivia 和 Meredith 都沒有異議，而且非常樂意。

「多謝大師！多謝各位！在下有幾個有關『香港味道』的簡單問題，請教您們每一位。」

他從口袋裡拿出印有大學校徽的小記事薄，以及一枝舊款原子筆。

「第一個問題。請問：『香港味道』對大家有什麼意義？」

「因為『香港味道』，我倆遇上了，走在一起！」Olivia 望向 Meredith。

「『香港味道』可以讓我 relax，是我的 comfort food。」Meredith 回望 Olivia。

「不是我選擇了『香港味道』，而是『香港味道』選擇了我，我跟『香港味道』有『緣』。」Singh 的說話充滿玄機。

「全靠『香港味道』，讓我記得自己仍然是一個『香港人』！」大強語氣堅定。

「第二個問題。請問：以下哪一款食物，最能夠代表『香港味道』？A，雲南米線……」

「不會吧！雲南米線？它靠什麼代表『香港味道』？」Singh 反應激烈。

「雲吞麵、魚蛋粉、牛腩或牛雜粉麵，都更能夠代表『香港味道』啊！」Olivia 皺眉。

「還有車仔麵。」Meredith 從旁補充。

「當年 XX 米線店登陸日本後，該店的負責人在接受訪問時代表：『日本人覺得 XX 米線就是香港味道，看到 XX 的 Logo 就認為是香港品牌。』大家不認同嗎？」

「不認同！」Singh 搖頭。

「絕對不會認同！」Olivia 皺眉。

「真正的香港人都不可能會認同吧！」Meredith 緊握拳頭。

他望向大強。

「辣，一向都不是『香港味道』的主流。米線，亦不是『香港人』的首選，因為我們有更多陪伴我們成長的好選擇！」大強詳細解釋。

「了解。繼續剛才的問題，B：酸菜魚⋯⋯」

「不會吧！酸菜魚？識食，一定食蒸魚啦！」Singh 的反應更激烈。

「有一間在香港上市的飲食集團，在香港開設了很多酸菜魚專門店。」

「他們不是為了真香港人而開設的！」Meredith 的拳頭握得更緊。

「了解。繼續剛才的問題，C：手打檸檬茶⋯⋯」

「你是跟我們開玩笑嗎？」Singh 完全被他氣壞。

「你真的很可愛！」Meredith 開始在說反話。

「又白痴又可愛！」Olivia 開始懷疑他的智商。

「手打檸檬茶，是否『香港味道』，我真的有點保留。」大強苦笑。

「請問：『手打檸檬茶』和『傳統的港式檸檬茶』，究竟有什麼分別？」

「傳統的港式檸檬茶，多數使用黃檸檬，手打檸檬茶，卻是使用香水檸檬。這種檸檬外皮多為綠色，果肉厚身，而且無核，酸度比黃檸檬更突出，但是苦澀味更少，而且帶點香芋的氣味。並非我們熟悉的『香港味道』。」大強專家口吻。

「對不起。請原諒在下準備不周。那麼，請問：大家認為什麼食物，最能夠代表『香港味道』？」

「『紅燒翅、蒸條斑、半隻炸子雞，加多碗白飯！』[9]」Singh 說出了他喜歡的電影台詞。

「《神探》？在下也將這套電影列入論文的參考之一，如果有機會，很想試試這種食法！」

「必須的！」Singh 再次對他產生好感。

「No Way！你們竟然吃魚翅？」Olivia 皺眉。

「『魚翅撈飯』，香港曾經經濟繁榮的象徵，只可惜⋯」Meredith 突然輕嘆一聲。

客廳內突然變得沉寂，訪談彷彿難以繼續，大強立即提醒他。

「我們是否應該先定義『香港味道』？」

註 9：這是被譽為「銀河映像」代表作之一，由杜琪峯與韋家輝共同導演、韋家輝和區健兒編劇、劉青雲主演的電影《神探》裡，其中一句台詞。

「請問：大家如何定義『香港味道』？」

「東西方文化匯聚的『茶餐廳文化』，最能夠代表『香港味道』，我最喜歡吃酥皮蛋撻！」Singh閉上雙眼，非常滿足的表情。

「我喜歡術頭小食，雞蛋仔、格仔餅、咖哩魚蛋、碗仔翅、炸大腸、煎釀三寶⋯⋯」Meredith愈說愈興奮。

「我喜歡打邊爐，最愛羊腩煲！」Olivia不再皺眉。

「如果你問的是『香港味道』，我認為最簡單的答案，就是『蠔油』的味道。」大強專家口吻。

「『蠔油』的味道？」

「很多餸菜，都需要用『蠔油』來調味，或吊味，在廚房不可欠缺。」大強繼續解釋。

「就是這麼簡單？」

「『香港味道』當然不只是獨沽一味『蠔油』的味道，它是不同味道的配合，重點是『平衡』。」大強豎起右手雙根手指。

「重點是『平衡』⋯⋯」他照樣豎起左手雙根手指。

「『香港味道』就像『香港文化』，多元化，富包容性，不是只有一種可能性。」

他努力記下大強的一字一句。

「我有一個想法，『香港味道』不只是『味覺』，還包括『嗅覺』。」Olivia 突然靈光一閃。

「因為人類對於酸甜苦鹹的感受，只有二成來自舌頭，八成來自嗅覺。」

「難怪傷風感冒時，嚐不到食物的味道」Olivia 開始對他改觀。

「如果這樣，我認為應該還包括『視覺』，因為對於『香港菜』的最高讚美是『色香味俱全』。」Meredith 為 Olivia 的想法增值。

「我有另一個想法，『香港味道』是由很多不同元素混合而成，It's a mixture！」Singh 突然語出驚人。

「例如？」

「除了食物和醬汁本身，以及烹調的方法，還有香港人的文化、生活和習慣，但我認為最重要的是創意。」Singh 在「創意」一詞加強語氣。

「為什麼最重要的是創意？」

「有創意，才可以有更多不同選擇！例如『星洲炒米』，雖然以星洲，即新加坡命名，其實是香港原創的菜式，靈魂是咖哩粉，印度的『咖哩』，簡直就是港印文化的完美融合啊！」Singh 說得眉飛色舞。

「建基於您提出的『創意』，在下想有一個類似『忒修斯之船』的問題。」

「『忒修斯之船』，希臘神話？還是莎士比亞？」Olivia 好奇地問 Meredith。

「這是希臘作家 Plutarchus 提出的一個悖論。」Meredith 說出正確的答案。

「如果將這個悖論放在香港，可以借用『珍寶海鮮舫』[10] 作為比喻。」Singh

註10：「珍寶王國」（Jumbo Kingdom）是一組位於香港香港島南區黃竹坑深灣已結業的水上餐廳，由並排停泊的兩艘著名海上畫舫「珍寶海鮮舫」（Jumbo Floating Restaurant）和「太白海鮮舫」（Tai Pak Floating Restaurant）組成，昔日還包括「海角皇宮」（Sea Palace Floating Restaurant），是香港南區過去的著名地標，曾有「世界上最大的海上食府」之稱。

「珍寶海鮮舫」雖然是幾代香港人的集體回憶，卻無法保存於香港。2022 年 6 月 14 日，開始拖離香港，在南丫島鹿洲附近轉交遠洋拖船，至 6 月 18 日下午，駛至南海西沙群島附近水域時，突然遇上風浪，船身入水開始傾側，船方稱「珍寶海鮮舫」於 6 月 19 日全面入水沉沒於南海。

突然有感而發。

「大師，您認為『香港味道』必須是香港的食物和醬料嗎？如果沒有了『蠔油』，您口還可以煮出『香港味道』嗎？」

「他一定可以！即使沒有『青蘿蔔』，他也可以煲出『青紅蘿蔔豬骨湯』！」

Singh 對大強充滿信心。

「問題來了，以『青蘿蔔』代替品煲出來的，仍然是『青紅蘿蔔豬骨湯』？」

「我理解你所指的『忒修斯之船』，這是一個需要認真思考的問題。」

大強開始認真思考他的問題時，Singh 已搶先代為回答。

「我個人認為，即使換上了『Brussels Sprout』，仍然是『青紅蘿蔔豬骨湯』。」

「為什麼？請指教。」

「雖然『Brussels Sprout』跟『青蘿蔔』的外型有很大差異，但是用來煲湯的效果相似，是一個可以接受的代替品。」

「但是，『Brussels Sprout』始終不是『青蘿蔔』，煲出來的湯水是否需要改名？例如：仿青蘿蔔紅蘿蔔豬骨湯。」

「我明白了，你是擔心違反《商品說明條例》，香港在這方面真的很嚴格。」

Olivia 再次靈光一閃。

「我記得有兩個案例。案例一：某酒樓發售的八十八元『鮑魚福建炒飯』，因為以螺肉取代鮑魚而被控告，結果被罰款五千元[11]。案例二：某酒樓集團出售沒有『石斑』的『粟米石斑塊』，被票控八宗罪，但被告作出承諾不會再犯，律政司接納以『承諾』方式代替傳票票控，被告須簽署文件保證不會再犯，律政司亦撤回了傳票。[12]」Meredith 詳細提出案例。

「我認為這是兩種完全不同的情況！他們在香港，可以買到需要的食材，他們魚目混珠，是公然存心詐騙！而我們在外國，不容易買到合適的食材，所以才需要代替品。」Singh 堅持自己的論點。

註 11：案件編號 WKS5159/17，發生於 2016 年，被告是新葵興廣場的茗苑宴會廳。

註 12：案件編號 WKS17398–400/3017，發生在 2017 年，被告是中新香港發展有限公司及中達亞洲有限公司，以富臨漁港和富臨酒家經營，而涉案分店則位於荃灣眾安街及葵涌和宜合道。

「大家都搞錯了方向，他提出的問題，是否需要改名，只是表面第一層，深層次卻是『什麼是真正的香港味道？』。」大強指出重點。

「大師，您認為什麼才是『真正的香港味道』？」

「在回答這個問題之前，我們要認為解決另一個更深層次的矛盾。」大強指出更重要的重點。

「什麼是『香港』？」

「不！你必須先搞清楚什麼是『香港人？』」

「為什麼必須先搞清楚什麼是『香港人？』」

「因為『香港人煮香港菜』，『香港味道』當然是由『香港人』來定義。」大強說得理所當然似的。

「那麼，『香港人』可以如何定義？大家覺得自己是『香港人』？」

「我當然是『香港人』！我是看香港電影長大的！」Singh 大聲回應。

「難怪有很多『香港人』說他們的家鄉是『日本』。」Meredith 啼笑皆非。

「我們在香港留下最難忘的回憶，香港曾經是我們最喜愛的地方……」Olivia 一臉幸福。

「我在香港出生和成長，我絕對是100%的『香港人』！」大強說得理直氣壯。

「但是，您們都沒有香港身份證，這樣還算是『香港人』？」

眾人突然都靜了下來，過了一會，Singh率先打破沉默。

「我覺得『香港人』不只僅一張身份證來證明，就像『香港味道』，是由很多不同元素混合而成，It' s a mixture！」

「在下突然有一個想法：假如有『香港人』的十項基本條件，只要符合當中六項或以上，就可以定義為『香港人』嗎？」

「你認為身為一個『香港人』，有什麼基本條件？」大強嚴肅地問他。

「在下剛剛想到有以下十項：一．香港出生；二．持有香港身份證；三．父母是香港人；四．另一半是香港人；五．說廣東話；六．用繁體字；七．熱愛香港文化；八．喜歡香港味道；九．曾經在香港居住、留學或工作；十．關心香港的事物。」

「如果這樣，我們都毫無疑問是『香港人』！」Singh鬆一口氣。

「我覺得應該有所補充，例如除了『熱愛香港文化』，更需要『清楚香港歷史』，我們有責任將曾經在香港發生的事情流傳下去！」Olivia說出心底話。

「同樣，除了『關心香港的事物』，更需要『願意為香港付出』，在重要時刻，沒有為香港挺身而出的人，不配稱為『香港人』！」Meredith 義憤填膺。

「我認為有三項條件更加重要，包括：『擁有香港人的價值觀』、『以香港人的方式思考』、以及『以香港人的模式生活』。」大強嚴肅地說。

「前二項，我明白，但我對第三項有點疑惑？」Olivia 皺眉。

「移民了，不是應該入鄉隨俗？融入當地的生活？」Meredith 也不明白。

「在這裡繼續香港人的模式生活，真的不容易啊！我們需要適當和適量的改變，你不正是用了『Brussels Sprout』來代替『青蘿蔔』？」Singh 提出相反意思。

「即使我來到英國，也不會勉強自己，改為以『炸魚與薯條』作為主要糧食，我仍然會繼續蒸魚，保留屬於我們的『香港味道』。」大強更詳細地解釋他的立場。

「『炸魚與薯條』只是英格蘭人的代表食物，我們蘇格蘭人的廚房有很多其他美味選擇！」Olivia 充滿民族自豪。

「我最喜歡妳為我煮的『蘇格蘭蛋』[13]！」Meredith 望向 Olivia。

註 13：蘇格蘭蛋（Scotch Egg）是將水煮蛋混合著豬肉、或牛肉之類的絞肉，再抹上麵包粉弄成丸子形狀後油炸的英式料理。

「我期待妳跟我再一起煮『肉餡羊肚』[14]！」Olivia 回望 Meredith。

「當然，還有我們的定情食物：『雙冬羊腩煲』！」Meredith 笑容燦爛。

「先吃羊腩煲，然後打邊爐，實在是太幸福了！」Olivia 一臉甜蜜。

他無視 Olivia 和 Meredith 的恩愛纏綿，認真地問大強。

「請問：什麼是『香港人的價值觀』？」

「如果改為『香港的核心價值』，是否更簡單？」Singh 認真地反問。

註14：肉餡羊肚（Haggis），或稱羊肚雜碎布丁，直譯為哈吉斯、哈革斯，是一道風味獨特的傳統蘇格蘭菜，也被稱為蘇格蘭「國菜」。它實際上就是羊雜碎，製法是先將羊的胃掏空，裡面塞進剁碎的羊內臟如心、肝、肺，再加上燕麥、洋蔥、羊油、鹽、香辣調味料和高湯等，製成袋（現在常用香腸衣來代替羊胃），水煮約三小時，到鼓脹而成。如今餐館通常會把羊的胃袋在上桌前去掉，只留下羊雜給客人享用。一般與馬鈴薯泥和蕪菁甘藍泥（neeps and tatties）以及一杯蘇格蘭威士忌（dram）一起食用。

「按照網上的記錄，『香港的核心價值』是『自由民主、人權法治、公平公義、和平仁愛、誠信透明、多元包容、尊重個人和恪守專業』，對嗎？」

「你可以用一句話來概括以上這三十多個中文字？」

面對大強的問題，他隨即低頭沉思。

「我相信『LESS IS MORE』，如果可以用一句說話講完，為什麼要長篇大論？」大強充滿智慧。

「這些中文字，我全都懂得，但是放在一起後，就變得難以解讀！」Olivia 皺眉。

「這麼多的『核心價值』，究竟有幾多是在『核心的外圍』？又有幾多是在『核心的內圍』？」Meredith 有感而發。

「金句王黎明講過：『核心的外圍是核心的內圍』。」Olivia 繼續皺眉。

「莎士比亞都講過：『這是最好的時代，也是最壞的時代』。」Meredith 輕嘆一聲。

「金庸也講過：『最危險的地方，就是最安全的地方』。」Singh 女。

「金庸沒有講過。」Olivia 指正他。

「這樣應該是倪匡講的。」Singh 繼續拋錯書包

「倪匡也沒有講過。」Meredith 再指正他。

「不是倪匡，肯定是黃易。」Singh 仍然拋錯書包。

「是古龍，這段說話來自古龍的名著《三少爺的劍》，曾經改編成為電影，你沒看過嗎？」大強說出真正的答案。

「原來是古龍！我記起了！今晚回家找來看看！」Singh 尷尬一笑。

他慢慢抬起頭來。

「『香港的核心價值』，就是『獅子山精神』？」

「你在學校的成績應該不錯，但千萬不要被標準答案限制了你的思維！」大強的話對他如同當頭捧喝。

「大師，請問您如何用一句話來概括『香港的核心價值』？」

「不是一句話，而是兩句：『好嘅一餐，唔好嘅又一餐』。」

「請問是什麼意思？」

「就是字面上的意思。」

「在下不明白。」

「因為你還年輕。」

這時候，突然門鈴響起。

「應該是炳哥和炳嫂來了。」

大強動身。出外開門。

「再來一樽？」Singh 問他。

「好的。多謝。」他突然需要酒精。

Singh 進入廚房為他木拿啤酒。

大強帶著叉燒炳和炳嫂回來，他倆都是一臉愁容。

「人齊了！我們有好消息宣佈！」Meredith 非常興奮。

叉燒炳突然打斷了 Meredith。

「我有一個壞消息要告訴大家。」

強嫂想阻止叉燒強，卻不成功。

「剛才我去覆診，醫生說我患了肺癌，末期。」

客廳隨即變得一片死寂，然後響起 Singh 因為太震驚而玻璃樽脫手墮地的清脆破碎聲。

大強和 Singh 一同清理玻璃碎片時，他突然抑揚頓挫地朗誦出 Taylor Swift 名曲

〈The Best Day〉的兩句歌詞。

「Don't know how long it's gonna take to feel okay. But I know I had the best day with you today.」

在眾人錯愕時，他竟然緩和了微妙的氣氛，也打開了新的話題。

「the best day…with you today。」

叉燒炳突然緊緊捉著炳嫂的手。

「Everyday！」

炳嫂有點感觸地依偎著叉燒炳。

「厲害！我第一次遇見有人用 Taylor Swift 的歌詞來安慰別人！」Singh 對他刮目相看。

「歌詞？這不是經典文學嗎？」

「你真的很可愛！」Meredith 以為他在搞笑。

「又搞笑又可愛！」Olivia 皺著眉對他讚賞。

「既然 Bob Dylan 可以拿到諾貝爾文學獎，Taylor Swift 也是有機會的！只要不放棄，一定有轉機！」大強也趁機會安慰叉燒炳兩夫婦。

「妳們剛才有什麼好消息要公佈？」

叉燒炳和炳嫂一起坐在舊款兩座位沙發上，炳嫂溫柔地問 Meredith。

「現在適合說出來嗎？」

「就當是沖喜一下吧！」叉燒炳微笑。

「我們早前嘗試了多次人工授孕，Olivia 已成功懷孕了！」

「我倆很快都會是母親了！」

「恭喜！」

「Congratulations！」

「果然是一個好消息！」

「這是一個健康的男孩子，他將來會是一個有名的廚師！」他突然說出奇怪的話。

「無論他是男孩子，或是女孩子，喜歡男孩子，或是女孩子，我們都會一樣的愛他！」Olivia 輕輕撫摸肚皮。

「等等，你怎會知道他是男孩子？」Meredith 緊張地追問。

「在下…有一種…強烈預感。」

「他將來做廚師，也是你的『強烈預感』？」Singh 被氣壞。

「因為…他從少就有一個好師傅。」

他突然偷偷望了大強一眼。

「你真的很可愛！」Meredith 勉強接受了他的解釋。

「又神秘又可愛！」Olivia 卻直覺他隱藏著更多秘密。

「既然人齊了，我們開飯吧！」

大強說罷，動身走入廚房……

※

偉業：這個大學生，不是一般的奇怪！

興發：現在香港的大學生，都是這樣奇怪的嗎？

福榮：我有點懷疑，他當真是香港的大學生？

大強：你懷疑是假扮香港的大學生來訪問我？

偉業：他為什麼要這樣做？他有什麼目的？

興發：因為大強是有名的美食 KOL？

大強：我還不至於這樣有名氣吧！

偉業：他仍有繼續跟你聯絡？

大強：之後，我收到他留言：「在下終於解開『好嘅一餐，唔好嘅又一餐』的謎團，多謝。」，他從此就消失得無影無蹤。

福榮：你的鄰居叉燒炳呢？他的病情如何？

大強：他上星期已過身。

興發：節哀。

偉業：順變。

大強：他的遺囑上，寫明將他在車房裡的那個傳統炭爐留給我，

福榮：這是他的一份心意，他希望由你來傳承「香港味道」。

大強：Olivia 懷內如果真的是男孩子，Meredith 打算將他命名為「Ben」，以紀念叉燒炳！

興發：如果他將來真會是一個有名的廚師，叉燒炳給你的傳統炭爐，你可以讓他來承繼啊！

福榮：一代接一代，傳承「香港味道」……

※

最後，這一餐如常吃了超過三小時！直至興發和妻子出發到渥太華旅行，以及偉業在「英倫港式餐廳」的「餐飲劇場」慶功宴結束後回到酒店……

他們在意猶未盡但愉快的氣氛中道別，就像昔日放學後在福榮位於福榮街的唐樓家中玩耍一樣……

※

即使天下無不散之筵席，
但既然「好嘅一餐，唔好嘅又一餐」，
無論是在最好的時代，或是最壞的時代，
無論是在核心的外圍，或是核心的內圍，

無論是在最危險的地方，或是最安全的地方，
只要你是「香港人」，就可以傳承和昇華家鄉美食。
這都是屬於我們的、不斷演化中的、回憶中的香港味道。

【好嘅一餐，唔好嘅又一餐？】／完

第六章

新世紀打邊爐福音戰士

「呵呵呵！在這個蘊藏神秘能量的火鍋裡，你們看到了什麼？」

「蕃茄、洋蔥、粟米、冬菇、還有青菜，難道你看到其他東西？」

「我看見了『太上老君』！」

「『太上老君』？」

「『太上老君』，簡稱『老君』，全稱『一炁化三清太清居火赤天仙登太清境玄氣所成日神寶君道德天尊混元上帝』……」

「夠了！你在哪裡看到『太上老君』啊？」

「在青色的五件法寶——菠菜、唐生菜、娃娃菜、小棠菜，還有青椒。」

「不愧為『火咼神棍』！你竟然在這五件青色的所謂『法寶』裡，看見了『太上老君』？」

「『太上老君』，乃是被尊稱為『老子』的李耳，當年他倒騎青驢出關，從此青色就是代表了『太上老君』的能量顏色！」

「喂呀！倒騎驢的是『八仙』[1]裡的張果老呀！老子當年是倒騎青牛出關呀！我知道了！都有一個『老』字，不要分得那麼細？」

「我看見了『摩訶毘盧遮那』！」

「『摩訶毘盧遮那』？洋蔥和蘿蔔裡是『大日如來』？這樣轉移話題，你簡直是無恥！」

「『摩訶毘盧遮那』，梵音名號『Maha Vairocana』，意思是『光明遍照』，故此又尊稱為『大日如來』，白色正是代表祂的能量顏色！」

「黑色的冬菇和木耳呢？你看到鍾馗？關二哥？還是包青天？」

「我看見了『大黑天』！」

「『大黑天』？日本『七福神』之一？」

「『大黑天』本來是婆羅門教的『濕婆』，亦即是『大自在天』的化身，其後

註1：八仙，是道教中的八位神仙，分別為何仙姑、韓湘子、曹國舅、藍采和、鍾離權、李鐵拐、呂洞賓、張果老。

被佛教吸收而成為了護法神之一，特別是在本座信奉的密宗裡，『大黑天』是重要的護法神，是專治疾病之醫神與財富之神。」

「我也看見了！紅色的蕃茄，黃色的粟米，分別是『紅孩兒』和『孫悟空』！」

「你的雙眼已被塵世沾污迷惑，再也看不見真相！本座的一雙法眼，卻分別看見了『炎帝』和『黃帝』！我們都是『炎黃子孫』！」

「夠了！你不如說你看見耶穌基督和釋迦牟尼！」

「『太上老君』、『大黑天』、『摩訶毘盧遮那』、『黃帝』、『炎帝』、『邪神Sabar』、甚至連『耶穌基督』和『釋迦牟尼』，都是『飛天遁地甂爐神』[2]的『眾生相』！」

註2：參考「飛天意大利粉怪物」（Flying Spaghetti Monster）。
2005年，美國俄勒岡州立大學物理學畢業生博比・亨德森（Bobby Henderson）為了諷刺美國堪薩斯州教育委員會將智能設計論（Intelligent

design，一種有神創論傾向的觀點）和進化論（Evolution）一同納入公立學校的課程，於是提出了一種名為「飛天意大利粉神教」（The Church of the Flying Spaghetti Monster，又名 Pastafarianism，簡稱飛麵神教）的「信仰」，聲稱世界是由一個會飛的意大利粉怪物創造的，而這個怪物就是唯一的真神（即「麵神」），並提出飛麵神教應與智能設計論和進化論享有同等地位。

2006 年，亨德森刻意模仿《聖經》，出版了「飛天意大利粉神教」的經典——《飛天意大利粉神福音書》（The Gospel of the Flying Spaghetti Monster）。根據書中記載，教徒要遵守「莫西八誡」（Eight Condiments，Condiments 是調味品），對應「摩西十誡」（Ten Commandments）；祈禱結束語是「拉門」（RAmen），發主跟拉麵相近，對應「阿門」（Amen）。

※

那位總是自稱「內向、憂鬱而文靜」的作家，今晚在這間火鍋店包場舉行私人活動，宴請他的讀者和友好，試食由他精心設計的一款火鍋湯底——

「健康戰隊鍋」！

「為了對抗『火鍋魔王』，『紅戰士』嘉嘉在『火鍋女神』的指引下，尋找『白戰士』、『黑戰士』、『黃戰士』和『綠戰士』，合組『五色火鍋戰隊』，拯救世界於水深火熱，為人類帶來快樂和健康……」

以上是【去吧！五色火鍋戰隊！】的簡介。

那位作家最近重新創作兒童文學，這個以日本戰隊特攝模式，來承傳中華文化的冒險故事，即將會改編成為舞台劇。

今晚是在火鍋店舉行的「餐飲劇場」，大家一起試食由那位作家配合劇情，以蕃茄、薯仔、洋蔥、粟米、冬菇為主的「健康戰隊鍋」。

【去吧！五色火鍋戰隊！】，其實是一個故事中的故事，是女主角嘉嘉的母親為女兒創作的枕邊故事，希望偏食的她可以學習健康的均衡飲食。

「很多小朋友都不喜歡，甚至討厭食疏菜，但其實疏菜非常重要，可以提供人體所需維生素、礦物質及膳食纖維等營養素，我個人的打邊爐心得，除了『不時不食』，就是『先菜後肉』和『多菜少肉』。」

今晚這場別開生面的活動，得到火鍋店老闆「打邊爐教授」的支持，以及網紅「鮮氣女神」的有機農莊「崑崙浮圃」全力協助，讓那位作家終於可以完成多年來的一個夢想——

突破二次元和三次元的界限，讓小說裡的文化和現實中的火鍋結合，推動以傳統智慧為基礎的健康飲食新文化。

「根據中醫的理論，五行五色概念與人體健康是有關連的。五色食物起源自五行『金、木、水、火、土』，弟別代表對應五臟『肺、肝、腎、心、脾』，同時可引伸出五色『白、青、黑、紅、黃』。」

「紅色，屬火，紅入心經，對應心臟，益氣補血，食物包括：番茄、紅蘿蔔。

「白色，屬金，白入肺經，對應肺和呼吸系統，潤肺止咳，食物包括：洋蔥、白蘿蔔。

「黑色，屬水，黑入腎經，對應腎臟，滋陰保腎，食物包括：冬菇、黑木耳。

「黃色，屬土，黃入脾經，對應脾胃，健脾開胃，食物包括：粟米、薯仔。

「青色，屬木，青入肝經，對應肝臟，明目保肝，食物包括：菠菜、青椒。

「今次我以多年打邊爐經驗，在故事中設計了一個『健康戰隊鍋』，或者可以叫做『五色健康鍋』，我曾經想過命名為『五色能量鍋』，但還是覺得『身體健康』更重要！我希望用這種生動活潑的方法，讓大家可以食得更健康、更有益、更有文化……」

當那位作家邀請「鮮氣女神」出來講解不同有機蔬菜的特點時，「打邊爐教授」突然心知不妙！

因為他竟然在客人中看見「火咼神棍」！

※

「火咼神棍」是其他熟客給他的外號，他的全名是「林炎炑」。

嚴格上，他已被油麻地、尖沙嘴和旺角各大小火鍋店列為不受歡迎人物。

他是飲食界的著名騙子，曾經假裝飛機師，在高級餐廳吃霸王餐，慣常技倆是身上沒有足夠現金……

他已被不同高級餐廳列入黑名單，故此，換上新的身份，轉戰九龍區的火鍋店。第一次來到這家火鍋店時，自稱「飛天遁地甂爐神教」的教祖，法號「久鼎」。

當晚他藉詞朋友已入座，沒有排隊就進入了火鍋店，然後，就用最老套的方法跟店內的客人搭訕，向他們裝神弄鬼，提出似是而非的建議，從而可以白吃白喝，甚至收到「善男信女」的「利是」。

店員阿東整理了「火咼神棍」最經典的三幕「火鍋店騙案」——

【第三位】

日期：20XX年8月31日

時間：23:01至23:34

被誘騙對象：某位代號「Ann姐」的富婆闊太

「這是一家非常特別的火鍋店，這是一個非常特別的火鍋，而妳是一個非常特別的客人！」林炎⿰木水以迷人的聲線，成功吸引了Ann姐的注意。

「這家火鍋店太受歡迎了！我為了這一鍋傳說中的花膠雞湯，足足等了半年有多！」

「這一鍋不是普通的花膠雞湯，我看見了『天人合德』[3]的奧秘！」

「『天人合德』的奧秘？」

「這是我的名片。」

「『中華傳統文化專家』？林炎…水？」

「中華傳統文化博大精！每一個中文字都充滿力量！兩個『水』字，代表兩條

註3：天人合德，是「天人合一」的另一個說法，又稱「天人相應」，是中國古代的一種哲學思想，儒、道、釋三家均有闡述。最早起源於春秋戰國時期，漢朝董仲舒引申為天人感應之說，程朱理學引申為天理之說。中醫專著《黃帝內經》主張「天人合一」，其具體表現為「天人相應」。

偶然遇上的河流，剛巧也有兩個廣東話讀者，一般人讀作『嘴』，吾等修道之人，就會讀作『隨』。」

「林大師，您好！」

「這位施主，妳知道唐太宗[4]最出名的是什麼？」

「活胳油？」[5]

註 4：唐太宗，李世民（598 年 1 月 23 日－649 年 7 月 10 日），唐朝第二任皇帝，626 年 9 月 4 日至 649 年 7 月 10 日在位，共 22 年 309 天。統一天下後，被尊稱為「天可汗」。

註 5：唐太宗活絡油是香港中醫藥品生產商捷成有限公司生產的外敷藥物，「唐太宗」為該公司於 1993 年註冊成為商標。由於商標與中國唐朝君主李世民的廟號相同，被誤會或穿鑿附會，「唐太宗」因此跟「活絡油」被扯上關係。

「對！妳又知道武則天[6]最出名的是什麼？」

「這個真的不知道。」

「正是『天人合德』的養顏之術！」

「武則天這隻狐狸精，原來是懂得『天人合德』的養顏之術！難怪……」

「她可以先勾引唐太宗，再勾引唐高宗[7]，正是因為她懂得『天人合德』的養顏之術！」

註6：武曌（624年2月17日－705年12月16日），中國唯一女性皇帝，690年10月16日至705年2月21日在位，共14年128天。武氏是唐高宗的皇后、武周開國皇帝，當代稱則天順聖皇后，或武后（神龍革命後成為皇太后，遺詔退稱皇后），後代通稱「武則天」。

註7：唐高宗，李治（628年7月21日至683年12月27日），唐朝第三任皇帝，649年7月15日至683年12月27日在位，共34年165天。

「林大師，請指點迷津！」

「意思，意思。」

「明白！稍等。意思！意思！」

「這位善信，妳的心意已收到。」

「『天人合德』的養顏之術是……？」

「不要亂！不要心急！咱們先從『打邊爐』的基本開始講起。阿東，快來一客象拔蚌刺身、一盤安格斯肥牛、兩瓶冰凍入魂的啤酒！」

「林大師……」

「妳知道嗎？『打邊爐』其實不是『打邊爐』！」

「『打邊爐』如果不是『打邊爐』，到底是什麼呢？」

「『打邊爐』的正寫，其實是『打甂爐』！『甂』字是這樣寫法。」

「原來如此，原來『打邊爐』不是『打邊爐』，反而是『打甂爐』……」

「『甂』，為古詞，為煮食器皿。《說文・瓦部》有云：『甂，似小瓶，大口而卑，用食，從瓦扁聲。』『甂』為盛酒或水漿之禮器。」

「請問大師……這跟『天人合德』的養顏之術有何關係？」

「先待貧道擺好位置。好！妳先放下妳的名貴皮包，跟貧道一起站起來！這個盛滿了花膠雞湯的『甂』，從中上方看，是一個圓型，對嗎？」

「從這個方向看，真的是一個圓……」

「為這一鍋花膠雞湯源源不絕提供熱力的電磁爐，從中上方看，是一個方型，對嗎？」

「正確的說法，這是一個四邊有弧度的長方型……」

「圓中有方，方中有圓。貧道施展了『飛天遁地甂爐神』傳授的秘術，特別為妳佈下一個『天圓地方』的風水陣，待貧道作法為妳加持後，就可以將武則天跟『天人合德』的養顏之術，發揮得淋漓盡致，提升至《黃帝內經》的『天人相應』……」

結果：

林炎炑成功豪飲豪食了一餐，更收了Am姐一封大「利是」。

【第二位】

日期：20XX年7月21日

時間：20:34至21:12

被誘騙的對象：代號「三少爺」的篤信風水命理二世祖

「浮生多變，眾人皆醉我獨醒！」

「喂！這座位是有人的！」

林炎焮趁三少爺的情婦去洗手間時，扮作不經意的坐在他身旁的空位。

「貧道看透了你的煩惱，但你知道自己在煩惱什麼嗎？」

「我煩惱？我有這麼多錢，怎會有煩惱？」

「嘿，你在煩惱是否要跟你的妻子分手？」

「大師⋯你竟然一眼就看出我的煩惱？⋯」

「你先回答貧道一個問題：人人都吃火鍋，難道人人都想吃火鍋嗎？」

「大師，我們來到火鍋店，當然想吃火鍋，如果不想吃火鍋，難怪我們想吃乾炒牛河？」

「在你的深層潛意識裡，可能想吃『火煱』，也可能想吃『火渦』。」

「『火煱』？『火渦』？跟『火鍋』有何分別？」

「簡直有天淵之別！當中包含了五行奧秘！」

「大師，請賜教！」

「『火鍋』屬金，適合『金命人』食用！」

「『金命人』？恕我孤陋寡聞，我只聽聞過『寒命人』、『熱命人』和『平命人』。」

「小時候，你的家中長輩，曾要求你練習書法？」

「大師，你猜中了！」

「當年你非常抗拒，所以練習書法時刻意不順筆劃，而且特別寫得很難看！」

「大師，你又猜中了！」

「然而，日子有功，你的書法已融入你的日常生活，你即使在點餐單上，也可以寫出鐵畫銀鉤。」

「大師，怎麼都給你猜中了！」

「這位施主，貧道並非猜中，全都是『飛天遁地甌爐神』告訴貧道的！祂還告訴了貧道，一個關於你的秘密……」

「大師，究竟是什麼密秘？快告訴我！」

「你先在這張點菜單上，寫下『金、木、水、火、土』五個字，貧道慢慢向你傳授功法。」

「『金、木、水、火、土』？五個中文字？……」

「對！五個中文字，用你的書法，但排列有玄機。『土』在正中央，『金』在左，『木』在右，『水』在上，『火』在下。」

「『左青龍，右白虎，前朱雀，後玄武』？」

「這位善信，你只懂風水的皮毛，卻以為可以掌握自己的命運？」

「大師，請拯救迷途羔羊！」

「你寫完『金、木、水、火、土』，都在右旁加一個『咼』字。」

「嗯？是這樣嗎？」

「對！按照『飛天遁地甂爐神教』的教義，打甂爐愛好者的命格，必須以『五行』來分類，分別是『金命人』、『木命人』、『水命人』、『火命人』和『土命人』。」

「我明白了！所以，『金命人』想食『火鍋』、『木命人』想食『火楇』、『水命人』想食『火渦』、『火命人』想食『火煱』、『土命人』想食『火堝』。」

「《論語・述而》有云，『舉一隅不以三隅反，則不復也。』當年孔子讚賞學生『舉一反三』，你卻比顏回更出色！更有慧根！可以『舉一反五』！」

「大師，過獎了！你認為我最想吃什麼？」

「回答你這個問題之前，你知道這一個『咼』字有何玄機？」

「大師，願聞其詳。」

「這一個『咼』字，如果從『刀』旁，就是『剮』。這是古代的一種酷刑，活生生將人慢慢割死，又稱『凌遲』。」

「『凌遲』？這麼殘忍？」

「按照『飛天遁地甂爐神教』的教義，『吃一咼，化一剮』，只要你吃到對應命格的『咼』，就可以趨吉避凶，力量無窮！」

「中文字，果然是字字珠璣，以前我都錯過了！大師，感謝你令我茅塞頓開！」

「貧道見你骨格精奇，靈台一片清明，你最想食的，正是『飛天遁地甂爐神教』秘傳的奧義火鍋，『一炁化三清乾坤化五行凌宵鍋』。」

「一炁化三清？乾坤化五行？凌宵鍋？金字旁的『鍋』？……依大師所言，我是『金命人』？」

「你是『金命人』，但也不是『金命人』！」

「大師，不要再賣關子了！『飛天遁地甂爐神』告訴了你，關於我的什麼秘密？」

「意思，意思。」

「噢！天下沒有免費的午餐。」

「也沒有免費的晚餐。」

「大師，你果然有意思！意思！意思！」

「實不相瞞，你在未來十年，將會有一大劫，九小劫……」

結果：

林炎林成功暴飲暴食了一餐，更收了三少爺一封巨額大「利是」，並且成為他的投資顧問，直至三少爺在大陸的工廠被合作伙伴和情婦合謀騙走為止。

【第一位】

日期：20XX年11月18日

時間：22:44至22:46

被誘騙對象：「麻辣俠侶」唐十三、雷天嬌

「兩位施主，貧道剛才為你們卜了一卦，是第六十四卦『水火未濟』。實不相瞞，你們的感情，將會出現暗湧！」林炎㶣突然煞有介事的對二人說。

「暗湧？王菲唱的《暗湧》？」雷天嬌搞笑一問。

「你們將會遇上情劫！因為你們都五！行！欠！火！」林炎㶣神色凝重，加強語氣的對二人說。

「我們都五行欠火？不會吧！」唐十三冷笑一聲。

「相聚自是有緣，就讓貧道破戒洩露天機，告訴你們破解方法。你們專心一點好嗎？就是要多吃麻辣火鍋，並且配一包紅色的麻油味出前一丁……」

結果：

林炎㶣在「麻辣俠侶」和附近食客的狂笑聲中敗走，從此被嘲笑為「火咼神棍・林火水」。

※

「打邊爐教授」發現林炎林時，他正站起身以「快慢九字訣」[8]為「五色健康鍋」作法加持。

但我們先將時鐘撥前，回到他向同枱的年輕人介紹「飛天遁地甂爐神教」教義的時候……

「世界和萬物，包括不同宗教的神明，甚至時間，都是由法力無邊、可以飛天遁地的『甂爐神』在喝醉酒後創造的，由於『甂爐神』當時喝醉了，所以這個世界並不完美，有許多瑕疵。

「『甂爐神』為了確認祂的善信是否真的虔誠，故意在世界上安排許多線索來讓人類懷疑祂的存在，例如埋藏恐龍化石讓科學家誤以為動物是演化出來的，而不是來自『甂爐神』的直接創造。

「『飛天遁地甂爐神教』的善信死後上天堂，可以享用天堂裡名為『普羅米修斯』的火山源源不絕提供熱力的『極樂甂爐』。

註8：「快慢九字訣」，武俠小說作家溫瑞安筆下角色雷損的絕招。

「海盜是世界上第一批相信『颳爐神』的先知，從十九世紀開始，海盜大幅減少了，在蝴蝶效應之下，衍生出一連串末世災害。」

絕跡油尖旺區多時的「火咼神棍」，竟然打扮成神父的模樣，重臨這家不再歡迎他的火鍋店。

如果教授熟悉日本動漫和遊戲的話，林炎炑此刻這一身裝扮，其實是在cosplay《命運守護夜》（《Fate/stay night》）的神父言峰綺禮。

如果教授熟悉香港cosplay界的話，此刻坐在林炎炑身旁，束起雙馬尾的妙齡少女，正是本地著名童顏巨乳cosplayer，網名「小林晴子」，愛稱「晴子喵」。

如果教授熟悉《命運守護夜》的話，小林晴子此刻身穿紅衣配黑短裙，修長雙腿上一對黑色過膝長襪，正是《命運守護夜》女主角之一遠坂凜的造型。

如果教授熟悉日本的特攝片集，他應該認識愛稱「靖子喵」的著名編劇小林靖子，小林晴子一半以上的人氣，正是來自這個令人誤會，並且充滿遐想的網名。

「你的『飛天遁地颳爐神教』，當真不是抄襲『飛天意大利粉神教』？」網名瑞穗，留有一頭長髮，比女孩子更清秀的宅男，也是著名「偽娘」cosplayer，一語中的地反問「于界顯」。

「只怪這個城市太保守！『飛天意大利粉神教』受到『飛天遁地甌爐神』的恩寵和啟蒙，二零一六年一月廿六日，正式在荷蘭商會註冊成為宗教後，本座也發出了九九八十一字的賀電。」「火咼神棍」一貫似是疑非的口吻。

「你的『飛天遁地甌爐神』那麼厲害，你為什麼不帶他的神像出來，反而帶上了邪神 Sabar？」[9]

註 9：2006 年，中國動漫刊物《動畫基地》的《FATE/STAY NIGHT 增刊號》曾隨刊附送的 Saber 手辦，這是一款仿製宮川武製作的 1/6 比例持劍 Saber 手辦，但由於作形極度粗糙，使手辦外形異常驚人和令人發笑，被愛好者諷刺為「邪神」。原型製作者得知後想方設法獲得到一份副本並與原型展覽於工作室展示櫃，評價為「能夠『治癒心靈，讓人心境平靜』的產品」，由於表情造型扭曲而導致不同角度表情也有所變化，正被生產商 Clayz 的社長評價為「連原作者都做不到」。因為存世數量較少，一些炒家開出相當高的價格售賣「邪神 Saber」，成為一時熱話。

「邪神Sabar，其實就是『飛天遁地甗爐神』的分身！這只是祂『道成肉身』的『眾生相』之一。」

在教授沒注意時，「火咼神棍」和小林晴子靜悄悄地入席，然後他在同枱一眾年輕動漫愛好者面前，恭敬地拿出一具造型極度粗糙，明顯是次貨的「邪神Saber」手辦。

教授事後才知道，「火咼神棍」跟這班初次見面的年輕人自我介紹時，依然以「飛天遁地甗爐神教」的教祖自居，但改了另一個更奇怪的姓名——「于界顯」。

教授對此搖頭嘆息，難道這傢伙以為改名換姓後，大家就會忘記他和他的一切惡行？難道他以為擁有一個新名字後，就可以改變命運？過去的罪孽都可以一筆勾消？

「火咼神棍」之所以被油尖旺區的火鍋店列為不受歡迎人物，只因為他不斷在各大小火鍋店內招搖撞騙，騙食，騙財，甚至騙色！「苦主」不乏高學歷的專業人士、幸福快樂的富太太，甚至叱咤風雲的古惑仔。

據說他是在同區一家新開的任食放題火鍋店搭上小林晴子，小林晴子或許也是「苦主」之一。透過有樣貌也有身材的小林晴子，他開始打動漫愛好者的主意，故此，他以另一 facebook 帳號「D.B.Lo」偷偷報名參加今晚的活動……

「Saber 是一個虛構的動漫和遊戲角色，她的真正身份，是不列顛傳說的英雄亞瑟王，King Arthur，真名是阿爾托莉亞・潘德拉剛，英文是『Altria Pendragon』，『Altria』是『Arthur』的女性寫法，這些都是《Fate/stay night》的基本知識！」網名「鳳梨蘇」，曾為小林晴子拍照，留有鬚根的宅男，毅然指出「于界顯」的錯誤。

「你們都中計了！『飆爐神』當初創造了《Fate/steal night》和 Saber，就是為了測試大家的虔誠和道德水平。」「于界顯」繼續賴皮。

「創作 Saber 的是奈須きのこ，官方中文譯名是『奈須蘑菇』，因為他的自畫像是一顆蘑菇怪物。絕對絕對絕對絕對絕對不是『飆爐神』！」網名「龍騎呢」，膚色白皙的宅男，說得語正詞嚴。

「《Fate/stay night》是由奈須蘑菇創作的，肯定肯定肯定肯定肯定肯定不是『飆爐神』！」網名「金錢龜」一身名貴攝影器材的宅男，說得慷慨激昂。

「還有，這個故事名叫《Fate/stay night》，並不是什麼《Fate/steal night》，雖然你習慣了偷別人的東西！」瑞穗對「于界顯」不再客氣。

「非也！在你們熟悉的時空，這個故事可能名為《Fate/stay night》，但在平行宇宙的另一個時空，故事就是名為《Fate/steal night》。這是『飛天遁地甂爐神』對本座的啟示！」

事後那位作家告訴教授，瑞穗的本名有一個「麟」字，據說是日本充滿神秘的「壽羅木家族」的私生子，本地同人圈更有傳聞，當他換上女裝後，就會擁有「女巫」的力量，金錢龜、龍騎呢和鳳梨蘇，都是他的御用攝影師兼保鑣，他們合稱本地同人圈的「四大瑞獸」。

「在你的『膠』時空裡，一定是『甂爐神』叫奈須蘑菇去創作《Fate/stay night》啦！」搞笑漫畫家Yo啼笑皆非。

「奈須蘑菇其實是海盜，『甂爐神』派他去創作《Fate/steal night》，他其實是抄襲一九九二年的輕小說《命運的塔羅》。」[10]「于界顯」就像日本動漫的名偵探

註10：日本有網民指《Fate/stay night》抄襲1992年的輕小說《命運的塔羅》（運命のタロット），小說中以塔羅牌作為召喚媒介，召喚出一些「歷史人物」當作協力者並與其他召喚主以及協力者戰鬥。

指證兇手的口吻，但他依然堅持他說錯的《Fate/steal night》。

小林晴子卻一直沒有作聲，左手撥弄著長馬尾的她，完全置身事外似的。

這一枱都是跟那位作家有關的動漫和遊戲愛好者，除了「四大瑞獸」，還有幾位 cosplayer 和同人漫畫家。

小林晴子望向其中一張陌生的臉孔，這是一個對她的美色毫無反應的肥胖宅男，只見他不停在玩手機，小林晴子再觀察一會，發現他並非在玩手機遊戲，而是正在透過通訊軟件和別人以文字對話。

小林晴子有點生氣，神情變得更傲嬌，更配合她正在 cosplay 的角色。另一枱某個外型有點像 Kururu[11] 的宅男，偷笑後拿起手機偷拍她……

註11：Kururu，K隆星人，吉崎觀音的漫畫作品《Keroro軍曹》中登場的虛構外星人。名稱來源來自日語的旋轉，Keroro小隊的軍師兼高階通信參謀，軍階是曹長。黃色身體，戴著螺旋狀的古怪眼鏡。

「我勸你們不要再看那個什麼蘑菇的爛作品！要看就看今晚的主角，他將自己對甂爐神的愛轉化為文字，再將文化轉化為能量的好作品！」

「『五色能量鍋』？」

一直沒有理會「于界顯」的美少女漫畫家兼 cosplayer 安野夢，忙於以觸控筆在平板電腦上畫畫，突然啼笑皆非的說出這五個字，吸引了小林晴子的注意。

「『五色能量鍋』！妳這個名字非常好！妳和那位作家，都得到了甂爐神的恩寵！」

「你說的那位作家，真的是我們認識的那位作家？」安野夢未有回應時，可愛漫畫家 Doris 皺起眉頭，對「于界顯」半信半疑。

「于界顯」突然拿出手機，先向網名「HK1841」的「香港非物質文化遺產研究社」俊男社長，再向「四大瑞獸」，最後向同枱的其他年輕人展示跟那位作家的合照。

「你們知道這位作家的真正身份嗎？」「于界顯」開始反客為主。

「你不要告訴我：他是什麼『甂爐神』的分身？」瑞穗微笑地挖苦「于界顯」。

「塵世中的觀點與角度，他只是我們『飛天遁地甂爐神』的一個普通顧問，但在『甂爐神』的眼中，他位列『十二護法』之一。」「于界顯」在瑞穗的挑釁下，開始越說越誇張。

「嘩！『十二護法』？很厲害啊！我要他請我們食飯慶祝啊！」金錢龜向那位作家揮手示意。

「請保守秘密，天機不可洩漏。」「于界顯」連忙阻止他。

「既然如此，你為什麼要告訴我們？你不怕洩露天機的報應嗎？」鳳梨蘇邊說邊摸鬚根。

「相聚自是有緣，我再告訴大家一個秘密：這家遠近馳名的火鍋店，其實是『飛天遁地甂爐神教』的祭壇。」「于界顯」露出囂張的表情。

「老闆早已被你們借『打甂爐』血祭了？我們現在看見的老闆，原來是由『甂爐神』製作出來的人偶？」龍騎呢扮作正經的反問。

「老闆仍在生，更會福壽安康，因為他不只是我們的善信，更已歸依屬於『甂爐神』，定期作出愛心奉獻，得到『甂爐神』的恩寵和庇佑。」「于界顯」突然望向小林晴子。「就像脫胎換骨的『久難』。」

「久難」是小林晴子加入「飛天遁地甌爐神教」後的法號。

「晴子喵，你『朋友』今日忘了吃藥嗎?快點帶他回家吧!」Doris 開始對「于界顯」不客氣。

「我什麼都不知道!我只知道今晚是來『打甌爐』!」小林晴子一臉傲嬌，非常配合角色設定，不遠處的 Kururu 一邊偷笑，一邊偷拍她。

氣氛突然變得很尷尬，店名阿東剛好為眾人奉上「五色健康鍋」。

也許阿東太忙碌，加上「于界顯」變了裝，阿東完全認他就是惡名遠播的「火咼神棍」。

「耶穌基督說過，『身體就是那位住在你們裡面的聖靈的殿』，吾等祭祀『五臟廟』前，需先向『甌爐神』誠心禱告!」「于界顯」又再嘗試轉移話題。

「『飛天意大利粉神教』的禱告詞以『拉門』結尾，英文是『RAmen』，跟日文『拉麵』的發音一樣，對應基督教的『阿門』和『Amen』，你的禱告呢?最後講一句『Dabinlo』?」瑞穗順勢出招。

「『飛天遁地甌爐神教』的禱告，簡單而充滿力量。」「于界顯」故弄玄虛。「就是闇黑密宗的『快慢九字訣』。」

「『快慢九字訣』？不是『九字真言』？也不是『九字密印』？」龍騎呢呼應瑞穗的攻勢。

「不是『九字真言』，也不是『九字密印』。」「于界顯」玄之又玄。「是結合了『五行』奧秘的『快慢九字訣』！」

「原來還要結合『五行』？『八卦』呢？『奇門遁甲』呢？」鳳梨蘇接力進攻。

「不需要『八卦』，也不需要『奇門遁甲』，『五行』奧秘已足夠！」「于界顯」七情上面。「手握劍指，四直五橫，四快五慢，寫出『九字訣』，就可以為『甂』和『爐』加持！」

「嘩！竟然可以為『甂』和『爐』加持？你可以寫《孔雀王》[12]外傳啊！」金

註12：《孔雀王》，日本漫畫家荻野真創作的玄幻漫畫，1985年獲得《第十二屆Jump青年漫畫大賞》，曾改編為電影《孔雀王子》，元彥導演及主演。孔雀王本義為佛教二十八部眾的一員金色孔雀王——孔雀明王。

錢龜搞笑地握起手印。「你不如改名為『荻野假』[13]吧！」

「哼！你以為『飛天遁地厲爐神教』的『快慢九字訣』，也是『臨兵鬥者皆陣列在前』嗎？」「于界顯」自鳴得意。

「難道是按照《抱朴子・內篇卷十七・登涉》第五段，正確的版本『臨兵鬥者皆陣列前行』？」瑞穗的一雙鳳眼緊盯著「于界顯」。

「哼！井底之蛙！就讓你們大開眼界！」

「于界顯」站起身來，右手緊握劍指，四直五橫，四快五慢，邊寫邊唸出九個令人錯愕的中文字！

「柴！米！油！鹽！醋！醬！茶！口罩！搓手液！」

全枱人都呆了。

「打邊爐教授」也因此被驚動了。

註13：《孔雀王》的原作者是荻野真，這裡是諷刺「火咼神棍」弄虛作假。

小林晴子為「于界顯」鼓掌，卻只有一直偷拍她的宅男和應。「經過『快慢九字訣』的加持，這個『甂』，和這個『爐』，都被注滿了宇宙的神秘能量！」「于界顯」自我感覺良好。

「『開門七件事』[14]，再加上口罩和搓手液，虧你想得出來！真的是唐伯虎[15]遇見直樹舞子！[16]」鳳梨蘇豎起兩根姆指。

註14：《在南宋時代吳自牧著《夢粱錄》中提到八件事，所指的分別是：柴、米、油、鹽、酒、醬、醋、茶。由於酒算不上是生活必需品，元代時被剔除了，只餘下「七件事」。

註15：明代，唐伯虎以一首詩《除夕口占》點明了「開門七件事」：「柴米油鹽醬醋茶，般般都在別人家；歲暮清淡無一事，竹堂寺裡看梅花。」

註16：直樹舞子，1977年1月30日出生，日本著名AV女優，1995年日本AV女優第一名，日本AV「黃金時代」的代表人物。

「日常生活九件事，竟然可以用來降魔伏妖？就連馬小玲[17]也要甘拜下風！」

龍騎呢雙手抱拳。

「我找到了！」安野夢突然有重大發現。「原來你就是那個可惡的『火咼神棍・林火水』！」

「你…你…你…」剛才一直玩手機的肥胖宅男，突然放下手機，怒視「于界顯」，口吃地說。「就是比…『饕餮』[18]…更可惡的…大壞蛋！」

註17：馬小玲，1998年香港亞洲電視的自製時裝奇幻電視劇《我和僵屍有個約會》系列的女主角。女驅魔師，驅魔龍族馬氏一家第四十代傳人，由萬綺雯飾演。

註18：饕餮是古代中國神話傳說中的一種神秘怪物，別名「 鴞」，代表貪念和食慾。古書《山海經・北次二經》介紹其特點是：「其形狀如羊身人面，眼在腋下，虎齒人手。」據民間傳說，饕餮是戰爭的象徵，也伴隨著戰爭殺戮。

「庵野秀，稍安無燥。」瑞穗對他溫柔一笑。「我好想見識一下，這個『火咼神棍』，到底有什麼能耐？」

「呵呵呵！在這個蘊藏神秘能量的火鍋裡，你們看到了什麼？」「于界顯」立即順勢出招。

「蕃茄、洋蔥、粟米、冬菇、還有青菜，難道你看到其他東西？」Yo苦笑。

「我看見了『太上老君』！」「于界顯」氣定神閒。

「『太上老君』？」金錢龜誇張反問。

「『太上老君』，簡稱『老君』，全稱『一炁化三清太清居火赤天仙登太清境玄氣所成日神寶君道德天尊混元上帝』……」「于界顯」像唸急口令。

「夠了！你在哪裡看到『太上老君』啊？」Dorus皺眉。

「在青色的五件法寶——菠菜、唐生菜、娃娃菜、小棠菜，還有青椒。」「于界顯」一臉認真。

「不愧為『火咼神棍』！竟然在這五件所謂的『法寶』裡，看見了『太上老君』？」鳳梨蘇繼續豎起兩根姆指。

「『太上老君』，乃是被尊稱為『老子』的李耳，當年他倒騎青驢出關，從此青色就是代表了『太上老君』的能量顏色！」「于界顯」說錯了卻不自覺。

「喂呀！倒騎驢的是『八仙』裡的張果老呀！老子當年是倒騎青牛出關呀！我知道了！都有一個『老』字，不要分得那麼細？」龍騎呢繼續雙手抱拳。

「我看見了『摩訶毘盧遮那』！」「于界顯」假裝聽不到，繼續語出驚人。

「『摩訶毘盧遮那』？你竟然在洋蔥和蘿蔔裡看見『大日如來』？這樣轉移話題，你簡直是無恥！」安野夢直斥其非。

「『摩訶毘盧遮那』，梵音名號『Maha Vairocana』，意思是『光明遍照』，故此又尊稱為『大日如來』，白色正是代表祂的能量顏色！」「于界顯」沒有理會，繼續玄之又玄。

「黑色的冬菇和木耳呢？你看到鍾馗？關二哥？還是包青天？」金錢龜模仿「于界顯」的語氣。

「我看見了『大黑天』！」「于界顯」加強語氣。

「『大黑天』？日本『七福神』之一？」Yo啼笑皆非。

「『大黑天』本來是婆羅門教的『濕婆』，亦即是『大自在天』的化身，其後被佛教吸收而成為了護法神之一，特別是在本座信奉的密宗裡，『大黑天』

是重要的護法神，是專治疾病的醫神和財神。」「于界顯」越說越急，開始有點亂。

「我也看見了！紅色的蕃茄，黃色的粟米，分別是『紅孩兒』和『孫悟空』！」瑞穗挑釁地望向「于界顯」。

「你的雙眼已被塵世沾污迷惑，再也看不見真相！」「于界顯」開始動氣。「本座的一雙法眼，卻分別看見了『黃帝』和『炎帝』！我們都是『炎黃子孫』！」

「夠了！你不如說你看見耶穌基督和釋迦牟尼！」Dorus的眉頭皺得更緊。

「『太上老君』、『大黑天』、『摩訶毘盧遮那』、『黃帝』、『炎帝』、『邪神Sabar』、，甚至連『耶穌基督』和『釋迦牟尼』，都是『飛天遁地瓜爐神』的『眾生相』！」「于界顯」開始情緒失控。「你們對神明不敬，小心神明要懲罰你們！」

「今晚是私人活動，請你立即離開。」教授禮貌地向「于界顯」下逐客令。

「為什麼我要離開？你憑什麼要我離開？」

「我身為這家火鍋店的老闆，為了保障客人的安全，並且可以舒適地用餐，我有權利和義務，要求不受歡迎的人士離開。」

「你為什麼不歡迎本座？你既然打開門做生意，客人就是上帝！你竟然膽敢得罪上帝？」

「如果你真的是客人，我當然歡迎你。但如果你不懷好意，滋擾其他客人，甚至進行不法的勾當，請你立即離開！」

「哼！我們都享用言論和宗教自由！即使你不認同『飛天遁地甂爐神教』，本座也可以向別人傳教！這個城市的核心價值，不是『多元文化』和『包容』嗎？」

「即使是『多元文化』，也是有道德底線的，也是有對與錯的，重點在乎互相尊重，你懂得嗎？」

「你歧視我！大家都看見了！你歧視我！你小心我在網上唱衰你！你小心我向『平等機會委員會』投訴你！」

「教授，讓我來處理！」

那位作家來到教授和「于界顯」中間，大家以為他會作為和事佬，怎料……

「不要再濫用『歧視』這兩個字！更不要借『包容』來掩飾你的劣質文化和罪行！你不是『客人』！更不是『人』！」

「你…哼！忘恩負義！我是你的讀者！全靠我買你的書，你才有今天！」「于界顯」詞窮理虧，開始蠻不講理。

「我用心寫好每一本書，自信對得起每一位支持我的讀者，沒辜負他們所花的每一分每一毫！今晚這裡由我包場！但我完全不認識你！你立即給我滾！」

「你小心我詛咒你！你小心我呼召我們『飛天遁地甂爐神』遍佈全球的善信對付你！你小心……」

「臨！」

一直沉默的庵野秀，不知什麼時間站了起來，突然暴喝一聲，打斷了「于界顯」的廢話。

只見他雙手中指、無名指、小指外交叉，拇指和食指相對，握起了「獨鈷印」。

「兵！」

庵野秀轉換另一手印，雙手無名指、小指外交叉，拇指和食指相對，同時中指扣住食指，握起了「大金剛輪印」。

「于界顯」竟然被他的氣勢所震懾。

「鬥！」

庵野秀轉換另一手印，雙手食指、中指、無名指外交叉，拇指和小指相對，是為「外獅子印」。

「者！」

「于界顯」面色一變。

庵野秀轉換另一手印，雙手拇指、中指、無名指、小指內交叉，食指相對，是為「內獅子印」。

「皆！」

「于界顯」額頭冒汗。

庵野秀轉換另一手印，雙手手指外交叉握拳，是為「外縛印」。

「陣！」

「于界顯」開始有點頭暈。

庵野秀轉換另一手印，雙手手指內交叉握拳，是為「內縛印」。

「列！」

「于界顯」彷彿聽到梵音。

庵野秀轉換另一手印，雙手分別握住拇指，右手置於左手之上，是為「智拳印」。

「于界顯」突然說不出聲。

「在！」

庵野秀轉換另一手印，雙手張開，拇指和食指相對，是為「日輪印」。

「于界顯」突然難以呼吸。

「前！」

庵野秀最後握起「寶瓶印」，雙手掌心向上，左手握拳置於右手手心。

「于界顯」忍不住後退半步。

「誅邪！」

「于界顯」突然感受到強大氣勁，整個人跌倒地上。

庵野秀竟然活用從動漫中學到的知識，將「火咼神棍」技術性擊倒！

火鍋店變得一片死寂，連湯底的沸騰聲也可清楚聽見，但隨即響起熱烈的掌聲和歡呼聲。

「丟臉！」

小林晴子輕聲責罵「于界顯」後，勉強將完全被庵野秀的氣勢所壓倒的窩囊騙子扶起來。

「暴力不能解決問題，你們是不會得逞的！」

小林晴子一臉傲嬌地掃視眾人後，和「于界顯」一同離去。

「今晚我們盡情打邊爐！Yeah！」

隨著那位作家振臂一呼，火鍋店內情緒非常高漲，響起更熱烈的掌聲和歡呼聲。

這夜之後，庵野秀打敗「火咼神棍」的事蹟在網上廣傳，他更被封為「新世紀打邊爐福音戰士」。

至於他在一鳴驚人前，和安野夢不斷透過手機的文字通訊內容，就是另一個有趣的故事……

「于界顯」敗走後，突然大病一場。一直替他代為管理教中財務的小林晴子，竟然騙走了「于界顯」的所有財產，並且連同其他苦主一起舉報他，令「于界顯」漏夜潛逃大陸。這是另一個更有趣的故事……

趕走了「火咼神棍」，「飛天遁地甌爐神教」煥然一新！

小林晴子接任新教主後，轉為宣揚動漫和遊戲裡的神秘力量。因為她的月亮星座是摩羯座，故此改法號為「月摩」，並且換上「馬小玲」的造型，善用一雙修長美腿。而她成功招攬的第一個信徒，就是當晚在火鍋店偷拍她的Kururu，其後她結集了「五色神將」，並且跟被投資者「鬥水喉」的大集團連鎖食店合作，以宗教作為包裝，推廣火鍋以外的本地飲食文化，卻是另一個不太有趣的故事……

新世紀打邊爐福音戰士／【完】

第七章

火鍋女神異聞錄 ・ 前傳

「解放貔奴！刻不容緩！」

「五色能量！照亮香港！」

不要再假裝昏睡了！第三次世界大戰，已經開始了！

不要再自欺欺人了！我們熟悉的世界，已經徹底崩潰了！

末世的封印已被解開了！名為「貪慾」的病毒擴散，令全世界變得水深火熱！

捍衛文明的終極一戰，戰場卻是在沒有自由的罪惡都市——此刻如同火鍋一般沸騰的維多利亞港！

十二位「火鍋女神」，願意獻上寶貴的生命，發揮大自然給予她們的各種恩賜，對抗萬惡的「貔爐神」，守護人類最後的希望……

※

無聊！

「世界和萬物，包括不同宗教的神明，甚至時間，都是由法力無邊、可以飛天遁地的『甌爐神』在喝醉酒後創造的……」

好無聊！

「由於『甌爐神』當時喝醉了，所以這個世界並不完美，有許多瑕疵……」

很無聊！

「『甌爐神』為了確認祂的善信是否真的虔誠，故意在世界上安排許多線索來讓人類懷疑祂的存在……」

十分無聊！

「例如埋藏恐龍化石讓科學家誤以為動物是演化出來的，而不是來自『甌爐神』的直接創造……」

非常無聊！

「『飛天遁地甌爐神教』的善信死後上天堂，可以享用天堂裡名為『普羅米修斯』的火山源源不絕提供熱力的『極樂甌爐』。」

超級無聊！

「海盜是世界上第一批相信『甂爐神』的先知，從十九世紀開始，海盜大幅減少了，在蝴蝶效應之下，衍生出一連串末世災害。」

好很十分非常超級無聊！

「邪神 Sabar，其實就是『飛天遁地甂爐神』的分身！這只是祂『道成肉身』的『眾生相』之一。」

我，庵野秀，作為一名熱愛動畫、漫畫、玩具和遊戲的宅男，一直足不出戶，在屬於我的二次元世界自得其樂。

然而，作為香港同人界「四大瑞獸」——瑞穗、龍騎呢、鳳梨蘇、金錢龜——的守護神，今天我應那位總是自稱「內向、憂鬱而文靜」的作家的邀請，來到這家由「火鍋教授」主理的火鍋店，率先品嚐他為新故事而研發的新型火鍋，怎料遇上了這個自稱「飛天遁地甂爐神教」教祖的無聊人。

這傢伙化名「于界顯」，一個好無聊的假名！他是原名「晴子喵」的 Cosplayer——現時改為跟著名編劇同名同姓的「小林晴子」——所帶來的「朋友」，都是一身《命運守護夜》的懷舊角色造型，小林晴子 cosplay 跟她外貌和氣質相近的遠坂凜，他卻不倫不類地 cosplay 神父言峰綺禮。

這傢伙自我介紹後，恭敬地拿出一具造型極度粗糙，明顯是次貨的「邪神Saber」手辦，然後開始向我們傳教，大家根本沒有認真聽他的廢話，只當是開爐前聽免費棟篤笑解悶。

但我們先將時鐘撥前，回到「于界顯」和「晴子喵」一同入座之前……

也是我和命中宿敵冤家路窄之前……

「小夢，妳去到哪裡？」

跟那位作家打招呼後，「四大瑞獸」之首偽娘瑞穗突然在 line 群組上提問。

他附加了一個可愛的微笑表情貼。

竟然是「小夢」的卡通自畫像表情貼。

看到「小夢」的表情貼，我立即知道出事了。

「難道妳在東京太久了，回到香港竟然迷路了？」「四大瑞獸」的龍騎呢在群組問。

「不要慌張！樓下有一檔妳最愛的煎釀三寶。」「四大瑞獸」的鳳梨蘇在群組溫馨提示。

「如果妳真的找不到，我們可以安排專人來迎接妳啊！」「四大瑞獸」的金錢龜在群組不懷好意的說。

「她…今晚…也來…？」我口吃地急忙問瑞穗。

「她早已在群組內，你竟然沒發現她？」瑞穗一雙鳳眼閃爍著惡作劇的目光。

「她…什麼…時候…回來的…？」我繼續口吃地追問瑞穗。

瑞穗所指的「小夢」，是他的「閨中蜜友」，美少女漫畫家兼 Cosplayer 安野夢。

一個我不想面對，也不知道怎樣面對的女人！

我們經那位作家介紹而認識，曾經是志同道合的好友，其後卻在網上展開了一場非常激烈的罵戰……

「我早已到了樓下，抽完這根煙上來。」安野夢在群組內回答後，加了一個她很酷地抽煙的表情貼。

我突然有一股衝動，好想以「修改遊戲計劃書」為藉口，立即逃開火鍋店，但瑞穗以一雙銳利逼人的鳳眼看著我，令我難以啟齒。

同枱的兩位美少女漫畫家 Doris 和 Yo、以及網名「HK1841」的「香港非物質文化遺產研究社」俊男社長，正在討論日本今季的新番動畫，完全不知道將會發生什麼事情。

直至小夢和她的靈魂伴侶一起來到火鍋店之後。

「大家想念我嗎？」

錯過了逃離火鍋店的機會，我終於要再次面對我的命中宿敵。

她仍然是矢澤愛名著《NANA》裡大崎娜娜的龐克搖滾造型，但她帶來了一名可愛的新朋友——

「大支野先生」！

「大支野先生」並不是日本人。正確的說，他不是人！

「他」是一個人偶。一個同樣是龐克搖滾造型的人偶。一個由小夢親手縫製的背包人偶。

小夢向大家介紹了「大支野先生」，然後溫柔地安放在她身旁的空位上，並且從「他」的肚子裡拿出送給大家的手信。

動漫愛好者的恩物，東京神田明神的動漫繪馬。

小夢將七塊不同的繪馬放在枱上，讓大家揀選自己喜歡的款式。

只有七塊？沒有我的……

我假裝豁達的笑了一笑。

同桌的其他友好，各自拿了喜歡的繪馬後，開始詢問小夢在東京的生活……

被遺棄了的我，心情直插谷底時，打算躲避在二次元的世界，卻遇上那個廢話連篇的「飛天遁地甗爐神教」教祖。

今天，本來是我滿心期待的一天，想不到卻是倒楣透頂的一天！

就在我自怨自艾時，手機卻突然收到了一通訊息。

小夢發了一個做鬼臉的自畫像表情貼給我！

我立即望向小夢，她正拿著平板電腦在畫畫！

表面上，小夢正在畫畫；實際上，她跟我在私聊。

「你還未死？」

「仍有心跳脈搏。」

「我以為你今晚不來，所以沒有準備你的手信。」

「如果我知道妳來，我百分百不會出現的」附加一個苦惱表情的 emoji。

然而，我不想再引起罵戰，立即將整段文字連同 emoji 刪掉。

她見我遲遲未有回覆，突然轉換了話題。

「聽說你做了社畜。」

「我要交租，還卡數。」

「你已放棄了創作的夢想？」

「我沒有妳那麼幸福！可以有一份夢寐以求的工作！」

「幸福？在日本的遊戲公司工作，每一天都是在磨滅夢想！燃燒生命！」

「我也希望有一個能夠『燃燒生命』的機會！」

「誰叫你沒有認真學習日文！」

「即使我的日文學得再好，也不會講得好。」

「即使你的說話不流利，你也聽得明白別人的話。」

「不用提醒我，我是一個『聽不明白別人的話』的腦殘！」

「你是腦殘，因為你只顧批評別人！」

「夠了！我今天只想打邊爐！不想再跟妳辯論！」

「你害怕了！」

「我害怕了什麼？」

「害怕再次失敗！害敗面對真正的你！」

「我重申一點，當年的辯論，我沒有輸，妳也沒有贏！」

「但絕大多數的網友都支持我，只有極少數認同你的觀點！」

「我們都是『關鍵的極少數』！」

「我明白。」

「妳明白？」

「獨自在日本飄泊後，我有了新的體會。」

在這時候，「于界顯」和「晴子喵」一同入座……

「『有些人是要被管的』！『Cosplay 界必須有驗證制度』！妳終於認同了？」

「No！」

小夢發了給我一個雙手交叉胸前的自畫像表情貼，然後繼續回應。

「我依然相信『自律』和『自主』，但我認同在每一個界別，都會有一些不守規矩，利用別人的善良，為求利益不擇手段的害群之馬。」

「面對這些『害群之馬』，妳仍然會『包容』嗎？」

「No！」

小夢再給我一個雙手交叉胸前的自畫像表情貼，然後留下令我意想不到的兩個字。

「天誅！」

我一口氣回覆了三個非常驚訝的表情貼。

「認真問，你仍在自暴自棄？」

我猶疑了一會，決定坦誠回答。

「我沒有放棄創作，我在工餘時間，籌備新的遊戲。」

「什麼類型和風格？」

「以打邊爐為主題的卡牌遊戲！」

「將食物擬人化？『大胃王』競食比賽？」

「遊戲暫名為《火鍋女神爭霸戰》，我設計了十二位『火鍋女神』，分別呼應十二星座。」

「這個遊戲，應該名叫《火鍋女神雅典娜》，玩家扮演『火鍋聖鬥士』，在打邊爐時燃燒小宇宙，一起為女神而戰鬥！」

「我不喜歡《聖鬥士星矢》！這是一個自相殘殺的故事！」

「《鬼滅之火鍋》！玩家努力學習『火鍋之呼吸』，以成為『柱』為目標，奉女神為名不斷殺鬼，將鬼成為打邊爐的食材！」

「好嘔心！而且，有人說《鬼滅之刃》已過時……」

「Come On！如果你不喜歡《鬼滅之刃》，《我推的火鍋》、《咒術火鍋》、《迷宮火鍋》、又或者《進擊的火鍋》，都肯定會更受歡迎！」[1]

「我的遊戲，是懷舊風格，玩家跟十二位『火鍋女神』定下契約，透過打邊爐來爭奪『火鍋霸皇』。」

「好混亂啊！主角究竟是『火鍋女神』？還是『火鍋霸皇』？」

「主角其實是不同的食物！遊戲共有四類打邊爐必備的食物……」

「你應該改名為《葬送的火鍋女神》！又或者《火鍋女神∞號》！」[2]

「就像一副樸克牌，素菜、肉類、海鮮、主食及小吃，四類食物，各有十三張

註1：安野夢分別借用了日本動漫作品《我推的孩子》、《咒術迴戰》、《迷宮飯》和《進擊的巨人》。

註2：安野夢分別借用了日本動漫作品《葬送的芙莉蓮》和《怪獸∞號》。

卡牌。」

「沒有鬼牌？也沒有特別牌？」

「沒有鬼牌，但有工具牌，分別是筷子、勺子和濾網，可以拿到一張、兩張和三張食物牌。」

「還有呢？」

「我有一份簡單的遊戲計劃書，妳有興趣看一看？」

「好啊！應該還有一段時間才開餐。」

我將《火鍋女神爭霸戰》遊戲計劃書發了給她。

在我的構思中，這是一款可以供兩至八名七歲以上的玩家，在約二十分鐘內完成的遊戲。除了四款共五十二張食物牌，還有十二張女神牌，以及十二張工具牌，總數是七十六張卡牌。

遊戲暫定共有五個回合，按「火鍋女神」和「食物牌」的搭配，有的搭配是正分，像潮汕牛肉鍋配牛肉和牛丸，有的搭配卻是負分，像清水鍋配鴨血、豆腐和老油條的「麻辣三寶」，最後分數最高者為勝利者。

十二款「火鍋女神」，分別是純情如水的「清水鍋」、有點迷糊的「粥水鍋」、熱情如火的「麻辣火鍋」、豪邁奔放的「潮汕牛肉鍋」、甜美可人的「魚湯火鍋」、騰雲駕霧的「蒸氣火鍋」、充滿霸氣的「豬骨煲」、深不可測的「壽喜燒」、艷光四射的「素菜湯」、靈活多變的「雞煲」、解毒高手「皮蛋芫茜湯」、以及再世華佗「養生火鍋」。

遊戲開始前，每名玩家各抽出一張「女神牌」，代表跟女神定下契約。每名玩家各抽取一張「工具牌」後，將跟玩家數目相同的「食物牌」，背面向天，隨意擺放在假想是火鍋的位置，然後將剩下的「食物牌」和「工具牌」放在一旁。

每個回合，玩家可以用「工具牌」，在盡量不移動其他卡牌的情況下翻開「食物牌」，「筷子」、「勺子」和「濾網」，可以翻開一張、兩張和三張「食物牌」。

即使玩家翻開超過一張「食物牌」，也只可以選擇一款喜歡的食物，若果其餘玩家對場上已翻開的「食物牌」有興趣，可以大叫「我吃！」然後拿取此卡牌，但需要停一回合。

如果有超過一名玩家對此卡牌有興趣，可以通過叫喊速度快慢、投擲骰子、猜拳等方法來決定「食物牌」的主人……

「我不明白！」

「妳不明白什麼？」

「這班『火鍋女神』，究竟為了什麼而戰鬥？」

「自由！」

好回覆了一個沉思中的自畫像表情貼，過了一會再問我。

「還有呢？」

「為了自由而奮戰，還不足夠？」

「那麼，她們在什麼地方戰鬥？」

「構思中，是一個像火鍋的異次元空間。」

「我給你一個建議吧！」

我回覆了一個「黑人問號」的表情。

「她們戰鬥的地方，就在香港！」

她突然傳了一張圖畫給我。

「而且是最有代表性的維多利亞港！」

我打開她給我的圖畫，看見是她繪畫的維多利亞港。

維多利亞港，既是世界三大天然良港之一[3]，也是新舊世界三大夜景之首[4]。

然而，在小夢給我的圖畫裡，不再是我們熟悉的美麗海港，反而活像地獄血池，兩岸都是頹垣敗瓦，一片末世的絕望景象。

就在我為了她的精美畫作而驚訝時，不可思議的事情發生了！

註3：世界三大天然良港，分別是香港的維多利亞港、美國的舊金山灣（聖法蘭西斯科灣）、以及巴西的里約熱內盧港。

註4：「夜景峰會」曾經公佈世界三大夜景，分別香港、日本的函館、以及意大利的那布勒斯。其後在2012年「夜景峰會」再次公佈新一批世界三大夜景，香港再一次獲選世界三大夜景，而另外兩位則由法國的摩納哥和日本的長崎。

我彷彿靈魂出竅，離開了火鍋店，置身於她筆下的維多利亞港上空！

「她們不只是為了自由而奮戰，更需要在末日限期前，拯救屬於我們的香港！」

隨著她的畫筆一揮，她以另一個清純造型，在我幻想的遊戲世界現身。

只見她換上一身雪白和服，如天仙下凡一般，我不禁想起傳說中的輝夜姬[5]……

「清水女神」！她此刻的造型，正是她在極短時間內完成的，代表「清水鍋」的女神造型初稿！

她突然伸出纖纖玉指，遙指九龍的方向。

「噹！」

虛空中，突然響起一記沉重的鐘聲，一個古雅而殘破的巨大時鐘，陷落在獅子山上。

註5：輝夜姬，日本傳說《竹取物語》的女主角。

她左手張開雪白的玉掌，掌心對著維多利亞港。

沸騰的海水隨即翻起旋渦，已沉沒在海底的帆船、渡輪、遊艇等，一一被捲上半空。

「會否太誇張呢？」

「你覺得太誇張？」

隨著她的畫筆一揮，船隻跌回海港，激起滔天浪花，令我渾身濕透。

我不服氣的望著小夢，她的雪白和服上，已多了一件華麗羽衣，她竟然在短時間內改善了「清水女神」的造型！

她的畫筆再次揮動，我竟然由癡肥宅男變成陽光俊男，更換上了黑色燕尾服。

等等！這是她多年前的同人作品啊！

來不及投訴時，我的雙手突然閃起強光！

強光過後，右手已多了一雙筷子，左手則多了一個濾網。

「來吧！快跟你心儀的女神定下契約吧！」

「等等！我們為什麼要拯救香港？」

「你不想拯救香港？你不熱愛這片土地？」

「我當然熱愛香港！但香港為什麼變成這樣？」

「因為你！」

「因為我？」

「因為你的沉默，成為了『渾世魔王』的幫兇！」

「『渾世魔王』？從哪裡跑了一個『渾世魔王』出來？」

我們突然回到現實的火鍋店，看見仍在廢話的「于界顯」。

「你們都中計了！『屘爐神』當初創造了《Fate/steal night》和 Saber，就是為了測試大家的虔誠和道德水平。」

我們對望一眼，立即心領神會。

我對「于界顯」伸出右手食指，隔空點了的嘴巴，他立即靜止下來。

本來熱熱鬧鬧的火鍋店，此刻也變得鴉雀無聲，只聽見遊戲世界內維多利亞港的沸騰。

我的食指在虛空中轉了一圈，在他的身體外圍勾出虛線，然後將他整個人拉出火鍋店。

在我左手彈指之間，我們再次置身遊戲世界，我將「于界顯」放在昂船洲軍營[6]的正上方。

小夢揮動畫筆，「于界顯」被脫去了一身神父裝扮，連假髮也沒有了，變成光禿禿的搞笑模樣。

「『渾世魔王』需要一個特別的名字和造型。」

「『WHO』？」

「不要告訴我是『World Hotpot Organization』！」

「不可以嗎？」

「『渾世魔王』是透過『WHO』侵略全球，最後摧毀香港！」

「為什麼最後才摧毀香港？因為香港是『關鍵的極少數』？」

註6：昂船洲，最早見於清嘉慶二十四年（西元一八一九年）刊行的《新安縣誌》，曾稱盎船洲及向島，位於香港境內，原為九龍半島西面的島嶼，經填海後已連陸。昂船洲的地形原本像一條翻轉的船，故稱昂（仰）船洲。南面則是中國人民解放軍駐香港部隊軍營。

「因為香港有英國人留下的『九龍風水陣』[7]！這也是『聖殿騎士團』設下的神秘結界！」

「『聖殿騎士團』所衍生的『共濟會』早已變質了！投靠了『渾世魔王』了！繼續拼命守護香港的，只剩下三大騎士團之一的『聖約翰騎士團』！」[8]

「守衛信仰！援助苦難！」[9]

「『聖約翰』，我們大學時所居住的宿舍，就是在這個遊戲裡，協助玩家的先知！」

小夢的畫筆一揮，我竟然變成了「聖約翰」的形象。

我右手緊握著長劍，左手拿著印有十字條紋的巨盾。

「『聖約翰』，我需要『渾世魔王』的名字和造型！」

註7：呼應Play Station遊戲「クーロンズゲート」（KOWLOON'S GATE－九龍風水傳－）。

註8：三大騎士團，分別是醫院騎士團、聖殿騎士團、條頓騎士團。

醫院騎士團（Knights Hospitaller），亦名羅得騎士團或聖約翰騎士團，全稱耶路撒冷、羅得島及馬爾他聖約翰主權軍事醫院騎士團（Sovrano Militare Ordine Ospedaliero di San Giovanni di Gerusalemme di Rodi e di Malta），最後演變成馬爾他騎士團，成為聯合國觀察員的「準國家」組織持續至今，是最為古老的天主教修道騎士會之一，成立於1099年，最初是由法國貴族Gerard和幾名同伴在耶路撒冷的施洗者聖約翰教堂附近的醫院裏成立，主要目的是照料傷患和朝聖者。

宗教革命後，以德意志為首的新教國家的醫院騎士團從騎士團總部獨立出去（比如英國），但仍然保持聖若望（或譯為聖約翰）騎士團的稱號。英國的聖約翰騎士團在19世紀演變出聖約翰救傷隊，並且擴散到幾乎所有大英國協的國家（包括已經退出大英國協的香港）。

註9：醫院騎士團的口號為「守衛信仰，援助苦難！」(Defence of the faith and assistance to the suffering)

「『饕餮』！」[10]

「貪得無厭的神獸？」

「戴上『罪惡王冠』[11]的『饕餮』！」

「這個造型我可以！雖然我不懂得讀這兩個字。」

「『饕』的粵語讀音是『滔』(tou)，而『餮』就是『鐵』(tit)。」

註 10：饕餮，古代中國神話傳說中的一種神秘怪物，別名「狍鴞」，代表貪念和食慾。古書《山海經・北次二經》介紹其特點是：「其形狀如羊身人面，眼在腋下，虎齒人手。」據民間傳說，饕餮是戰爭的象徵，也伴隨著戰爭殺戮。

註 11：《罪惡王冠》（ギルティクラウン），是由 Production I.G 公司製作，並在日本富士電視台 noitaminA 放送的原創系列電視動畫 [7]。於 2011 年 10 月開始播放，2012 年 3 月 22 日播放完畢，全 22 話。

小夢沒理會我，專心揮動畫筆，「于界顯」立即變成了既猙獰恐怖，又醜陋噁心，戴著「罪惡王冠」的魔王「饕餮」！

「魔王『饕餮』究竟有多邪惡？牠怎樣摧毀香港？」

「『饕餮』在摧毀香港前，做了一件很可惡的事件！」

「牠吃掉了全香港的食物？」

「只是食物？」

「牠吃掉了所有香港人？」

「只是香港人？」

「牠連『火鍋女神』也吃掉了？」

「失去了正義女神的守護，就連『聖約翰』也無能為力，沉淪的香港變成罪惡都市！」

「等等！我在妳繪畫的香港裡，仍然看見香港人！他們就是遊戲玩家？」

「No！在香港的『人』，不再是『香港人』！甚至不算是『人』！他們被『饕餮』洗腦後變成邪惡人偶，為了取悅牠而放肆摧毀香港！」

「就像妳的『大支野先生』？」

「『大支野先生』是我的守護神！」

「對不起！」

然後，我們沉默了一會兒。

我不想尷尬，再道歉後，繼續討論。

「如果所有『火鍋女神』都被吃掉了，玩家怎樣跟她們定下契約？我們怎樣一起對抗『饕餮』？」

「女神的肉身雖然被吃掉了，她們的精神卻是永垂不朽！」

「玩家是跟女神的精神定下契約，借用她們的力量？」

「以愛與和平，一起替天行道！」

「等等！我突然有一個很瘋狂的新構思！」

眼前突然多了一個小夢的分身，分身冷笑一聲後，示意我繼續說下去。

「這是一場『絕鼎之戰』！只要透過『絕鼎』的力量，就可以顛倒乾坤，女神轉生！」

「No！」

「追求『絕鼎』的十二名『御主』，英文暫定是『Master』，與十二名『甂奴』，英文暫定是『Servant』，互相定下契約，每組之間進行激鬥廝殺！」

「No Way！」

小夢突然多了一個分身，分身是一臉憤怒。

「最後勝出的『御主』和『甂奴』，將會聯手打敗『饕餮』！」

「No Fxxking Way！不要告訴我這是『聖杯之戰』的山寨版！」

「完全是兩回事吧！」

「怎會是兩回事呢？」

「這一場『絕鼎之戰』，『御主』都是歷史上的英明領袖，包括：林肯、邱吉爾……」

「否決！你的設定有很大問題！『御主』不是玩家嗎？為什麼變成了林肯？為什麼他們要自相殘殺？他們聯手對抗『饕餮』不是更方便快捷嗎？」

「中計！他們都是中了計！中了『饕餮』的分化之計！」

「人類總是重複同樣的錯誤？我不接納這條新故事線！」

「『絕鼎之戰』的設定再修改，但我覺得可以保留『御主』和『甂奴』的關係！」

「我暫時沒意見，但我還有一個問題：十二位女神，跟十二星座，到底是什麼關係？」

「我仍未想清楚。難道妳想改為十二生肖？」

小夢突然多了一個分身，分身正在沉思，她的側面很漂亮。

「如果改為十二生肖，『豬骨煲』和『潮汕牛肉鍋』，可以更活色生香！我還可以加入『蛇鼠一鍋』，甚至是『龍虎鳳』！」

在我幻想不同「火鍋女神」的全新造型時，小夢突然揮舞畫筆，為我送上一條維基百科的連接。

「改為呼應二十四節氣吧！」

「好提議！女神的能力跟節氣互動！特別是再世華佗的『養生火鍋』！」

「遊戲必須要改一個合適名字！」

「其實，我還想到三個遊戲名稱。」

「不要告訴我是《火鍋無雙》、《火鍋亂舞》和《火鍋 BASARA》！」

「第一個，《我的火鍋不可能這麼可愛！》。」

小夢多了一個分身，分身是被我氣壞的可愛表情。

「第二個，《這間火鍋店真厲害！火鍋女神激鬥篇》。」

小夢多了一個分身，分身以玉手遮眼，「No Eye See」的表情。

「第二個，《厲害了，我的火鍋女神！！！》。」

小夢突然怒盯著我，手中畫筆變成薙刀，刀尖直指我的眉心。

「立即！給我認真想個好名字！」

「等等！我想到了一個好名字！」

小夢的眼神更冷峻，薙刀仍在我的眉心前。

「《打甂奴》！」

「What？」

「打！甂！奴！」

「嘩！很黃！很暴力！」

「不只黃色，還有其他顏色！『五色能量！照亮香港！』」

「『五色能量』？女媧補青天的『五色石』？」

「作家今晚請我們試食的新型火鍋——『五色能量鍋』！」

「『五色能量鍋』？」

一直只是跟我文字對話的小夢，忍不住說出這五個字，引起了「于界顯」和小林晴子的注意。

「『解放屙奴！刻不容緩！』宣傳口號我也想好了！」

「遊戲名叫《打屙奴》，宣傳口號卻是『解放屙奴』，你會否自相矛盾？」

「『饕餮』以恐怖的『闇黑火鍋』統治香港，令香港變得水深火熱，我們一起為自由奮戰！」

「『闇黑火鍋』是另一個玩法？『饕餮』倒行逆施，完全違反了火鍋湯底和食物的基本搭配？」

「等等！我突然想到一個更有趣的玩法！」

「竟然還有比『闇黑火鍋』更有趣的玩法？」

「『咒怨火鍋』！」

「日本女鬼陪你『打屙奴』？更黃！更暴力！但我喜歡！」

「不要想歪了！這是火鍋女神陪你『打屙奴』，兼且打小人！」

「嘩！一個『屙奴』，兩個功能，更可以滿足三個願望！」

「這是『豬骨煲』的隱藏技能，只可以在二十四節氣的『驚蟄』發動！女神拿起筷子，有節奏地，跟主人一起敲打甌邊！」

「打你個小人頭！打到你有氣冇定抖！」

「打你個小人煲！打到你全年冇得撈！」

「打你個小人嘴！打到你俾『饕餮』封嘴！」

「等等！剛才已經想問妳：妳覺得『饕餮』的真人版很面善嗎？」

「我上網搜尋一下。」

我們暫別遊戲世界，回到現實的火鍋店，竟然看見更荒謬的一幕——

「于界顯」突然站起身來，右手緊握劍指，四直五橫，四快五慢，邊寫邊唸出九個令人錯愕的中文字！

「柴！米！油！鹽！醋！醬！茶！口罩！搓手液！」

全枱人都呆了。

外號「打邊爐教授」的老闆也因此被驚動了。

小林晴子為「于界顯」鼓掌，卻只有外型像《Keroro 軍曹》裡的 Kururu 真人版的 K 先生和應。

「經過『快慢九字訣』的加持，這個『甌』，和這個『爐』，都被注滿了宇宙的神秘能量！」「于界顯」自我感覺良好。

「『開門七件事』，再加上口罩和搓手液，虧你想得出來！真的是唐伯虎遇見直樹舞子！」鳳梨蘇豎起兩根姆指。

「日常生活九件事，竟然可以用來降魔伏妖，就連馬小玲也要甘拜下風！」龍騎呢雙手抱拳。

「我找到了！」小夢突然有重大發現。「原來他就是那個可惡的『火咼神棍・林火水』！」

「你…你…你…」我曾聽聞「火咼神棍」的惡行，立即放下手機，怒視著他，口吃地說。「就是比…『饕餮』…更可惡的…大壞蛋！」

「庵野秀，稍安無燥。」瑞穗對他溫柔一笑。「我好想見識一下，這個『火咼神棍』，到底有什麼能耐？」

然後，就是他的一輪廢話，直至「打邊爐教授」來向他下逐客令。

「今晚是私人活動，請你立即離開。」

「為什麼我要離開？你憑什麼要我離開？」

然後，就是他的連番歪理，直至位作家來到「打邊爐教授」和「于界顯」中間，當我他會作為和事佬，怎料……

「不要再濫用『歧視』這兩個字！更不要借『包容』來掩飾你的劣質文化和罪行！你不是『客人』！更不是『人』！」

「你…哼！忘恩負義！我是你的讀者！全靠我買你的書，你才有今天！」「于界顯」詞窮理虧，開始蠻不講理。

「我用心寫好每一本書，自信對得起每一位支持我的讀者，沒辜負他們所花的每一分每一毫！今晚這裡由我包場！但我完全不認識你！你立即給我滾！」

「你小心我詛咒你！你小心我呼召我們『飛天遁地飆爐神』遍佈全球的善信對付你！你小心……」

我終於忍無可忍，挺身而出，暴喝一聲，打斷了「于界顯」的歪理廢話。

「臨！」

我彷彿再次置身遊戲世界，十二位「火鍋女神」在背後支持我，和我一起對抗魔王「饕餮」！代表「粥水火鍋」的「豐足女神」，率先和我一同握起「獨鈷印」。

「兵！」

代表「麻辣火鍋」的「炎麗女神」，和我一同握起了「大金剛輪印」。

「饕餮」竟然被我的氣勢所震懾。

「鬥！」

代表「潮汕牛肉火鍋」的「潮犇女神」，和我一同握起「外獅子印」。

「饕餮」面色大變。

「者！」

代表「豬骨煲」的「勇武女神」和我一同握起「內獅子印」。

「饕餮」七孔出血。

「皆！」

代表「魚湯火鍋」的「臥龍女神」，和我一同握起「外縛印」。

「饕餮」頭上的「罪惡王冠」墜落，粉碎，隨風飄逝。

「陣！」

代表各種「雞煲」的「鳳雛女神」，和我一同握起「內縛印」。

遊戲世界內彷彿響起了梵音，「饕餮」開始無力招架。

「列！」

代表「皮蛋芫茜湯」的「智慧女神」和我一同握起「智拳印」。

「饕餮」想咆哮，卻發不出任何聲音。

「在！」

代表「壽喜燒」的「喜樂女神」，和我一同握起「日輪印」。

「饕餮」想反擊，卻感到難以呼吸，動彈不得。

「前！」

代表「蒸氣火鍋」的「寶塔女神」，和我一同握起握起「寶瓶印」。

「饕餮」不能自主地後退半步，身體開始失平衡。

「誅邪！」

代表「清水火鍋」的「純愛女神」、代表「養生火鍋」的「藥師女神」、以及代表「五色能量鍋」的「玄天女神」，賜給我終極力量。

天地有正氣！「饕餮」感受到一股強大氣勁，整個外表看似強大，內在卻不斷衰敗的身軀，沉沒在維多利亞港。

在現實中的我，不知從何而來的正義感和勇氣，竟然活用了從《孔雀王》漫畫中學到的知識，將可惡的「火咼神棍」技術性擊倒！

火鍋店突然變得一片死寂，連湯底的沸騰聲也可清楚聽見。我看見小夢真人的驚訝表情，彷彿對我刮目相看，然後就聽到熱烈的掌聲和歡呼聲。

屬於我的掌聲和歡呼聲。

※

有人說「人生如戲，戲如人生」。

也有人說「浮浮沉沉的人生，就像火鍋裡的食物」。

然而，經過了峰迴路轉的一夜，我會說「人生是一場遊戲一場夢」。

那位作家的朋友，獨立電影導演家衛當晚也在火鍋店，他拍攝了我擊退「火咼神棍」的過程，在網上反應熱烈，讓我成為了網絡紅人。

而在那位作家和「四大瑞獸」的安排下，小夢終於和我重修舊好。是我主動向她道歉的，她爽快的原諒了我。

小夢雖然如願到東京的遊戲公司工作，卻沒想像中的愉快，她約滿後辭職回港，本來打算放自己一個悠長假期，重新尋找人生方向，結果我們定下了契約，決定用半年時間，一起為這個屬於我們的遊戲而奮戰……

在小夢的「霸王色霸氣」[12]震懾下，我最終放棄了《打屁奴》這個我非常喜歡的遊戲名稱，在的她兩個建議《火鍋女神轉生》[13]和《火鍋女神異聞錄》[14]之中，選擇了後者……

註12：霸王色霸氣，源於漫畫《海賊王》（ONE PIECE）的一種特殊力量，這是最稀有的霸氣，數百萬人中僅有一人能夠獲得這種霸氣，也是一種王者資質，擁有霸王色霸氣的人，可以不用出手就用此霸氣威嚇或震懾對手，也能夠令比自身弱的對手暈厥。

註13：《女神轉生》系列是由岡田耕始、鈴木銀一郎和鈴木一也開創的遊戲系列與多媒體作品。遊戲系列主要由 Atlus 開發，IP 現由 SEGA 颯美控股持有。系列首作是 1987 年的《數位惡魔物語　女神轉生》，迄今已衍生出多款子系列。

「在這個蘊藏神秘能量的火鍋裡，你看到了什麼？」

如果下次有人向我提出這個問題，我將會這樣回答：

「我看到充滿無限可能性的未來！我看到屬於我們的冒險故事！我看到帶給我們希望的『火鍋女神』！」

火鍋女神異聞錄・前傳／【完】

註 14：《女神異聞錄》系列（ペルソナシリーズ），英語「Persona series」，也稱為《真女神轉生：女神異聞錄》，是一個由 Atlus 開發並由主要由 Atlus 發行的角色扮演遊戲，系列首作《女神異聞錄 Persona》於 1996 年在日本和北美發行（美版稱「Revelations：Persona」）。

第八章

鮮氣女神的愛心種子

第三次跟「鮮氣女神」見面，是在彌敦道上某座商業大廈的天台，由她創立的有機農莊「崑崙懸圃」。

在皎潔的圓月下，當時她不只散發著一身仙氣，頭上更彷彿有一個耀目光環。

我的身體有點失常，心跳的速度加快了25%。

「鮮氣女神」將這個在鬧市中的有機農莊，命名為充滿神秘感的「崑崙懸圃」。她跟一班志同道合的「都市農夫」，合租了商業大廈天台的一片角落，改建為有機種植的小田園。

我刻意改變了形象，趁「崑崙懸圃」開放日的機會，前來正式訪問女神。

「有機種植是一種按照自然規律來種植農作物的方法，也是讓人類回讓大自然的一個過程。」

「鮮氣女神」笑容燦爛，愉快地向我解釋：

「我們會避免使用人工合成的化學農藥和化學肥料、基因改造種子，儘量遵循自然規律，採取農作、物理和生物的方法來培肥。」

「培肥？」

「常規農業以大量的化學肥料來維持高產量，但按照有機農業的理論，土壤是個有生命的系統，施肥首先的任務，就是要培育土壤，土壤肥沃了，就會增殖大量的微生物，再通過土壤微生物的作用供給農作物養分。

「有機農業的土壤培肥，其實是一個有趣的三角關係。首先，就是以植物的根、微生物、泥土的三角關係為基礎，採取綜合措施，改善泥土的物理、化學、生物學特性，協調出植物的根、微生物、泥土的良好關係。」

看著她興奮地如數家珍，我不敢作聲，害怕打擾她。

「為了培育出好的泥土，我們不斷從失敗中學習。

「起初，我們收集別人不要的垃圾，作為栽種的盤子，但是效果不太理想，不是未夠堅固，就是排水有問題。後來，某位前輩建議我們，改用這些九十乘六十厘米的黑色箱子，它們都是由台灣引進的，箱子有很多小孔，使泥土易於疏水，又可以通風，有助植物根部呼吸，我們就這樣用一個又一個膠箱子，組成了這片農田。」

「天台有別於農地，種植用具以至泥土都要有所配合。泥土需要定期更新，才會有足夠養份，我們用最天然的方法，將廚餘與舊泥一層接一層放於桶中，讓廚餘變成泥土的養份，這樣舊泥就不會浪費，可以循環再用。有時候，我們還會使用自家製的環保酵素施肥，這樣泥土就可以一直保持肥沃，無論是香草或蔬果，收成都比以往更健康茂盛。」

我看了看天台上生長得健康茂盛的香草和蔬果，包括檸檬、士多啤梨、番茄和辣椒等，她們都是「鮮氣女神」用愛心孕育出來的「香港味道」。

我的身體再次失常，竟然有點感動得幾乎了哭了出來。

她隨手摘下一隻鮮艷奪目的士多啤梨，遞了給我。

我戰戰兢兢的，以兩手接過女神悉心栽種的果物。

她有點難以置信的燦爛一笑。

「難道你第一次接觸農作物？表情不用這麼誇張吧！」

「在下…可以…吃嗎？」

「你不用擔心衛生的問題，我們『崑崙懸圃』的出品，就是信心的保證！」

她誤會了我的意思，但我也不懂如何向她解釋，只好將錯就錯，把握機會，體驗不一樣生活。

我輕輕咬了一口，果然很甜美，而且很多汁，雖然沒有記憶中的那麼美味，我仍然忍不住大叫了一聲。

「你是第一次吃到新鮮的士多啤梨？」

「不！這是第二次……」

「難怪你如此大反應！」

「對不起……」

「你遠道而來訪問我，作為回禮，你今晚可以盡快吃，一邊訪問一邊吃！」

「唔該。請問：在下可以開始訪問嗎？」

「當然可以！我以為訪問已經開始了！」

「第一個問題：對於大家稱讚您為『鮮氣女神』，您有什麼感覺呢？」

「鮮氣女神」突然笑容燦爛地反問：

「你認為什麼是『愛』？」

我差點被士多啤梨哽死！

在我嘗試回復理智時，女神已跟我分享了不同年代的智慧。

「法國女權運動的代表人物西蒙波娃說過：『只要一個人透過愛、友誼、義憤或憐憫，為他人的生活創造價值，他的生活就有價值。』」

「法國最偉大的作家雨果說過：『你付出時可以不用愛人，但你絕無法愛人而不用付出，愛的偉大表現，是透過習慣性微小但仁慈的行為。』

「法國的浪漫主義文豪大仲馬說過：『愛情激蕩著活躍的情緒，它可以使死亡的心復活，它可以使沙漠裡有人居住，它可以使愛人的幻影重新顯現。』

「你呢？」

經過了「數碼災難」很多記錄已經失傳，對於這個時代的「愛情金句」，剛剛回復理智的我，只想到大文豪莎士比亞的一句：

「女人是用耳朵戀愛的，而男人如果會產生愛情的話，卻是用眼睛來戀愛。」

這一句老話，完全是我眼前的寫照，但我沒有勇氣說出口。

我連忙假咳幾聲，就在腦海一片空白時，我突然靈光一閃。

「愛裡沒有懼怕……愛是恆久忍耐、又有恩慈；愛是不嫉妒；愛是不自誇；不張狂；不作害羞的事；不求自己的益處；不輕易發怒；不計算人的惡；不喜歡不義；只喜歡真理；凡事包容；凡事相信；凡事盼望；凡事忍耐。愛是永不止息。」

竟然是銷量最高的經典中，《約翰一書》四章十八節，以及《歌林多前書》

十三章五至八節的兩段「金句」……

「嗯？……你是基督徒？」

猶豫片刻，我盡量不說謊的回答她。

「在下選修的課程比較特別，除了《周易》，也要研究《聖經》……」

「嗯嗯？……你不是基督徒？」

「在下雖然閱讀了整本《聖經》，卻從沒有機會參與任何教會活動……」

「嗯嗯嗯？……你覺得自己是基督徒嗎？」

「理論上……技術上……嚴格上……實際上……我不算是一個基督徒，只是一個自問理解『基督的愛』的普通人……」

聽到我的剖白後，她上下打量了我一會。

「其實，你一點都不普通，我覺得你很特別！」

「在下很特別？……」

「除了你自稱『在下』，你先前的自我介紹，說你在學校組織了一個『香港非物質文化遺產研究社』，對嗎？」

「對。」

「你是社長？」

「對。」

「你今次回來香港，就是要親自搜集有關『香港非物質文化遺產』的資料？」

「對。」

「你為什麼會找上我？」

「因為…您是鼎鼎大名的『鮮氣女神』……」

「你太誇讚我吧！我並沒有你所講的那麼有名吧！」

「重點…重點是…在下…同樣對古文明很有興趣……」

「古文明？我這個小小的有機農莊，跟古文明談不上任何關係吧！」

「這個…配合二十四節氣來耕作…也是古文明的一部份……」

「你是否有什麼事情隱瞞我？」

「沒有！…」

「真的沒有？」

「絕對沒有！」

「好！德蘭修女曾經說過：『如果你評斷別人，你將沒時間愛他們。』」

她突然對我燦爛一笑。

「德蘭修女也曾經說過：『我們不能做偉大的事，只能以偉大的愛去做小事。』」

我一時間不懂如何回應。

「好！我先回答你剛才的問題！」

她收起燦爛笑容，認真地，卻模仿我剛才的說法：

「理論上…技術上…嚴格上…實際上…我不是什麼『鮮氣女神』，只是一個自問願意跟別人分享『愛』的普通人……」

「不！您放棄了高薪厚職，轉為都市農夫，創立了這個有機農莊，也是值得敬佩的香港人！」

對於我的激烈反應，她皺一皺眉，然後淡然一笑。

「有人支持『香港人食香港菜』，有人鼓勵『香港人煮香港菜』，我卻在嘗試推廣『香港人種香港菜』！

「如果你愛這片土地，你應該要在借來的時間、借來的地方，善用身邊資源，以愛心栽種，保留和傳承『香港味道』！

「很多同路人已開始深耕細作，有人希望可以『遍地開花』，我的夢想卻是『滿天綠化』！

開始深耕細作，有人希望可以『遍地開花』，我的夢想卻是『滿天綠化』！

「振興香港農業，一切由旺角開始！」

「『旺角』？為什麼是『旺角』？」

「你知道旺角這個地名的意思嗎？」

「在下知道，『旺角』本來名叫『芒角』，對嗎？」

「對！旺角舊稱『芒角』，因為古時這裡芒草叢生，而地形就像一隻牛角伸入海，故此稱為『芒角咀』，而附近的村落便得名『芒角村』，位於旺角西部，山東街及奶路臣街一帶，但經歷了一連串的填海工程，這個海角已經消失了。

「根據一八一九年的《新安縣志》，『芒角村』以客家村民為主，約有二百名居民。『芒角村』位於今日的弼街與通菜街、西洋菜街、花園街一帶附近，村民以種植西洋菜和通菜等蔬菜為主、種花、養豬和養雞維生。」

我忍不住打斷了她。

「這就是『通菜街』、『西洋菜街』和『花園街』的典故?!……」

「一九二四年，因為『芒角村』拓展道路，所以衍生出『通菜街』和『西洋菜街』。

「『通菜街』的前身，是一片本來種植通菜的水田。隨著旺角的發展，這裡變成以商業和住宅大廈為主，其後到了上世紀七十年代，更開闢出大量露天小販購物區，主要販賣為女性顧客為主的衣服及飾物，故此被稱為『女人街』。而另一段則被稱為『金魚街』，因為這段的店鋪主要以販賣金魚為主。

「『西洋菜街』的前身，是一片種植西洋菜的田地。大約在上世紀八十年代，西洋菜街被一分為二，分別是『西洋菜南街』和『西洋菜北街』，以太子站附近的旺角警署為界。

「『西洋菜南街』在旺角警署南面，連接太子和旺角，以商業和商住樓宇為主，是香港著名的購物區之一，其後也改為行人專用區。「『西洋菜北街』在旺角警署北面，連接太子和石硤尾，以住宅和商住樓宇為主。

「至於『花園街』，據說在明清時代，這裡是『芒角村』栽種花卉的地方。現時位於亞皆老街以南的一段『花園街』，因為運動用品店鋪林立，被稱為『波鞋街』。

「一八六零年起，『芒角』隨著九龍半島被割讓給英國，村民紛紛把所種植的花朵、蔬菜和所飼養的禽畜，運往香港島出售。當時他們多數乘坐蜑民的船隻渡海，由於蜑民稱呼『芒』為『望』，故此，英國人依照蜑民的口音，把『芒角』的英文命為『Mong Kok』，到三十年代，『芒角』正式改稱為『旺角』，取其興旺之意。」

「那麼，請問『大角咀』呢？」

「『大角咀』和『芒角咀』，本來是一對難兄難弟。

「『大角咀』原本是九龍半島西部的一個海岬，位於現今的黃竹街和楓樹街一帶，英國人接管九龍半島後，看中『大角咀』外側適合作為船塢，就將這裡改造成為船務的後勤基地，建立起，當中曾經屬於和記黃埔的大同船塢，其後成為了『大同新村』。

「一九零九年，港英政府開始在旺角海邊附近填海，以及興建避風塘，這裡開始出現碼頭和道路，故此填平了當時大量蚊蟲滋生的積水菜田，改為發展輕工業，業務包括洗衣和染布。」

「『洗衣街』？『染布房街』？」

「對！『洗衣街』原本是一條小水溪，作為『芒角村』開發前的西洋菜田的主要灌溉水源。上世紀二十年代，菜田改為住宅大樓，居住於小水溪附近的婦女只好專行，改為上門接洗衣服，由於費用廉宜，而且成行成市，附近居民都稱呼這溪邊小徑為『洗衣街』。

「上世紀三十年代，港英政府在界限街截斷了這條水溪的源頭，引導入地底的下水道，其後將水溪覆蓋於地底，並且開闢成為道路。由於市民習慣了稱呼溪邊的小徑為『洗衣街』，故此，覆蓋路面後仍保留了舊名字，直至現在。

「你知道嗎？『旺角』是當年香港的輕工業區，受惠於『洗衣街』的小水溪，當年很多染布工業都集中於『染布房街』，另外還有『東方街』和『煙廠街』，是因為當時旺角規模最大的工廠之一的『東方煙廠』而命名。

「『東方煙廠』由一位菲律賓人建立，獨家代理來自菲律賓之呂宋雪茄煙，以及煙絲轉口到中國及東南亞等地。上世紀三十年代，『東方煙廠』關閉了，二次大戰後，港英政府在原來『東方煙廠』的地皮興建道路，分別改名為『東方街』和『煙廠街』。」

「請女神繼續分享有關香港農業發展的故事。」

「嗯，這是你的論文內容。上世紀六十至七十年代，可以說是新界農業的黃金時期，透過政府蔬菜統營署和菜站系統，以及其他肉類供應的渠道，新界農民支援了香港的經濟發展。而且，因為菜價不俗，農民的家庭經濟也逐步改善。

「只可惜，隨著港英政府大力發展新市鎮，稻田以至耕地數目逐漸下降。一九八零年，稻田面積跌至只有三十公頃，一九九零年開始，已經再無記錄，整體耕地面積也縮減至四千五百公頃左右，當中八成四更是棄耕地，輾轉變成了倉庫、停車場、貨櫃場和廢車場。

「香港人種香港菜，是我現時的夢想，也是信念！既然在新界的農地未能善用，我們一於『自助助人，助人自助』，從這個天台開始……」

※

這次跟「鮮氣女神」的訪談，我們都非常愉快。

雖然我對她隱瞞了秘密，而她也知道我對隱瞞了秘密⋯⋯

臨別時，「鮮氣女神」竟然送了一份禮物給我——

一顆種子。

我不只是興奮，甚至可以用「震驚」來形容我這一刻的心情，因為這是我第一次看見種子。

「千萬不要低估一顆種子的力量。」

告別後，我用自己的方法回家，繼續搜尋有關都市農莊的資料，因為有官方存檔，故此是圖文並茂，但我卻不知道如何放在論文內。

我只知道，無論如何，我必須記錄「鮮氣女神」那股「愛」的力量！

那是一股真正改善了香港市民基本生活的力量！

也是一股有效保留和傳承「香港味道」的力量！

※

第二次跟「鮮氣女神」見面，地點在油麻地。同樣是月圓之時。

我擔心女神認出我，只是從遠處偷偷觀看，看著她跟一班義工回饋社會，將「崑崙懸圃」的收成，免費派發給區內長者，以及街上的流浪漢。

這群義工，由一位秀麗的女性傳道人帶領，當時我仍未認識殷傳道，但見她悉心照顧有需要的人，並且鼓勵他們要過「得勝」的生活，就令我對她留下了深刻印象。

我觀看了女神一整個晚上，看著她跟長者有講有笑，對流浪漢也是一視同仁，在這個冷漠的都市，給予他們窩心的暖意。

她的一個微笑、一句鼓勵、一袋栽種於「崑崙懸圃」的蔬果，看似是微不足道，卻為有需要的人士，帶來心靈上和肉體上的支持！包括一位失業多時、灰心失意、正準備自殺的「廢青」……

這個「廢青」，其後在回復自信的殷傳道的協助下，順利離開了香港，終於可以發揮所長，成功改寫人類歷史……

我開始明白她跟我說過的「自助助人，助人自助」。

即使是很微少的力量，也足以改變世界。

千萬不要低估一顆種子的力量。

※

第四次，也是最後一次跟「鮮氣女神」見面，地點在台灣。依然是月圓之夜。

這是一個香港主題的市集，女神展銷了大半天由「崑崙懸圃」出產的蔬菜，以及一系列的周邊產品，她準備休息。

女神原先白皙的膚色不再，一對纖纖玉子也充滿了歲月痕跡，但她散發出更脫俗的仙氣，頭上的光環也更耀眼。

女神發現躲在人群中的我，她竟然認得我，主動跟我打招呼，我只好走到她的面前。

「來吧！來嚐嚐我們最新出產的士多啤梨吧！」

她將士多啤梨餵到我的口中時，舌尖突然產生了一股觸電似的感覺！

「味道如何？」

「好味！⋯⋯好好味！⋯⋯」

接近我第一次品嚐的味道了！

「你的反應，仍是這麼誇張！」

「這就是『香港味道』？」

「真正的『香港味道』。」

「因為這是由女神的『愛心種子』栽種而成？」

「這段時間，我們嘗試了『四不』自然農法，就是『不噴藥』、『不施肥』、『不除草』和『不翻土』，既可以讓蔬果自然地成長，又可以用最低限度的勞力，更可以加強農作物本身的抵抗力，並且不會對土地造成傷害。我們嘗試在不破壞自然界的平衡為前提，建立雜草和微生物共存的天然菜園，這樣就可以更有效地『香港人種香港菜』！」

「『香港人食香港菜』、『香港人煮香港菜』、但更重要是『香港人種香港菜』！」

「你仍然保存我上次給你的那顆種子？」

「對不起。請原諒在下，女神送給在下的『愛心種子』，在下已轉贈別人。」

「是一位女性，對嗎？」

「對，是一位女性，但並非女神想像中的那種關係……」

「你臉紅了！」

我不懂如何回應。

「你是來台灣旅行？還是為了你的論文？」

「在下的『美食之旅』已經接受尾聲，這次是要向女神匯報成果。」

「你的氣場，徹底改變了！旅途上，有什麼特別的經歷？」

「訪問女神後，在下參加了一場彩虹邨的『美食文化導賞團』，品嚐了很多失傳了的『香港味道』，也明白了『最緊要開心』的道理，方法是要找到屬於我們的『遊樂場』。

「然後，在下在一間著名的火鍋店裡，遇見上了『飛天遁地甂爐神教』的代表，以及『新世紀打邊爐福音戰士』，品嚐了傳說中的『五色能量鍋』，明白『香港味道』的各種奧秘。

「再然後，在下參與了一個在茶餐廳舉行的『餐飲劇場』，學會了『茶餐廳術語』和『茶餐廳的餐桌禮儀』，也解開了『茶餐廳七不思議』的謎團，並且在ABCD餐中思考『香港人』的生活哲學。

「再再然後，在下在一間熱鬧的大牌檔裡，遇見了一名『自助助人，助人自助』的啤酒妹，學會了幾首經典粵語金曲，也搞清楚『飲勝』和『乾杯』的分別。

「再再再然後，我去了英國，訪問一位從香港移居當地的美食專家，也認識了他的『香港人』朋友，明白香港的『核心價值』正是『好嘅一餐，唔好嘅又一餐』。」

「再再再再然後，在下參與了一場在維多利亞公園舉行的虛擬婚禮，見證了一場由一碗午餐伕太陽蛋出前一丁引發的『幸福聯婚殺人事年』。以上。」

「你的旅程，比我想像中的更多采多姿！你已找到你需要的答案？」

「答案，已找到了，卻衍生了新的問題……」

「記住，疲累了，就要休息！多喝水，多吃蔬果，要完成你想做的任何事情，必須要有健康的身體，更重要的是…」

「千萬不要低估一顆種子的力量！」我們同步率 100% 的說出女神的金句。

臨別時，女神送給我一大包「愛心種子」。

「感謝女神，在下一定不會辜負女神的期望！」

「有一個問題，我一直想問你，希望你不要介意。」

「在下不會介意。」

「你究竟是什麼人？」

「在下曾經是『香港人』，但現已失去了一個明確的身份……」

「或許，這將會是你下一段旅程的目標，透過不同的『香港味道』，認真思考『我是誰』。記住！You are what you eat！」

「I' m what I eat！在下謹記女神教誨。」

就在女神的指引下，更有意義的漫長旅程，正式開始。

【鮮氣女神的愛心種子】／完

尾聲

「美食之旅」正式開始

第一次跟「鮮氣女神」見面，地點在日本。這是第一個月圓之夜。女神已經將她的有機農莊「崑崙懸圃」從香港搬到日本，規模擴大了，出產更豐盛，讓更多「香港人」可以吃到「香港菜」。

在一輪皎潔的明月下，女神雖然已經不再像相片中的那麼年輕，但當時她不只散發著一身的仙氣，頭上更彷彿有一個燦爛光環。

這個晚上，我為了論文搜集資料，以捷徑來到「崑崙懸圃」，但是，我竟然被困在栽種士多啤梨的溫室內。

在我尋找出口時，我看見非常誘人的士多啤梨，我突然有種無從解釋的「飢餓感」。

對於知識的「飢餓感」。對於歷史的「飢餓感」。對於「香港味道」的「飢餓感」。

在我打算偷偷品嚐女神以愛心栽種的美味士多啤梨時，她突然出現在我的面前。

心虛的我，大吃一驚，我猶豫是否應該立即在她的眼前消失？

然而，對於我這個不速之客，女神完全不感到驚訝，她彷彿期待著我的出現。

「你正在旅行？」

「我…為了寫一篇論文，開始了一段『美食之旅』。」

「嗯…你不是應該自稱『在下』嗎？」

「原來這個時代的男性自稱『在下』……」

「你的論文題目，是關於『香港味道』？」

「對！正是『回憶中的香港味道』。」

「嗯，你知道真正的『香港味道』是什麼？」

「我…在下正是為了尋找答案遠渡而來……」

「人情味。」女神的笑容燦爛。

「人情味？」我卻是一臉茫然。

「真正的『香港味道』，其實是『人情味』。」

「答案原來是香港人的『人情味』。在下受教了。告辭了。」

「來吧！來嚐嚐我們最新出產，編號『HK1841』的士多啤梨吧！」

這顆以女神的「愛心種子」栽種出來的士多啤梨，實在是太美味了，我忍不住大叫了一聲。

「這就是『香港味道』？」

「真實的『香港味道』。」

「在下將會鉅細無遺地寫在論文裡……」

「我建議你訪問更多人，不一定是意見領袖。普羅大眾的親身體驗，往往比教科書裡的內容，更具有參考價值。不恥下問，你才會拿到好成績……」

就在女神的指引下，比她想像中更多采多姿的「美食之旅」，正式開始。

【全書完】

後記

再次感謝大家的支持！《回憶中的香港味道》卷一增訂版推出後，卷三也面世了！

《回憶中的香港味道》系列，是我為了香港而創作的「飲食文學」，也是屬於你和我的故事。

《回憶中的香港味道》記錄了移民潮下的眾生相，《回憶中的香港味道2》嘗試探討留下來的人如何好好生活，《回憶中的香港味道3》就是研究如何保留和傳承「香港味道」。

《回憶中的香港味道3》是一場超越時空的「美食之旅」，以一個神秘男子為了研究「香港味道」，貫穿了《打邊爐》、《愛。因思坦症候群》、以及《回憶中的香港味道》三個系列的平行時空。

《回憶中的香港味道3》的創作過程，比卷二更峰迴路轉！自從2023年5月23日在金碧酒家舉行了第一個「餐飲劇場」，我開始構思更多適合在不同餐廳演出的故事，例如卷二【準備好大吃一場】只需要一個演員的簡單演出，或是收錄於卷一增訂版的【囧宴——人類歷史上最幸福快樂的婚宴！?】，「婚宴」主題的互動演出。

帶著這個信念，在年初先後完成了「回憶中的香港味道」餐飲劇場第四回和第五回，分別是在檀島咖啡餅店舉行的兩場《茶餐廳的親善大使》，以及在彩虹邨進行的兩場《一千零一個開心的理由》，前者火速重演，令人喜出望外，後者不只是在金碧酒家裡舉行，還結合了彩虹邨的文化導賞團，兩次演出更是「同一劇本，兩個角度」，為「餐飲劇場」帶來更多的可能性，也讓我有幸遇上更多「飲食文學」的同路人！

《回憶中的香港味道3》本來預計在6月中旬出版，但因為富嘉閣突然在5月下旬結業，本來籌備於7月上旬演出，從【囧宴】演化而成的《幸福聯婚》，提前於5月15日面世，但我早已在金碧酒家包場，安排《一千零一個開心的理由 Part 2》於5月9日進行，短時間內完成兩個「餐飲劇場」後，感到身心俱疲，為此放了自己一個短假期，來了一趟說走便走的任性之旅，先快閃台北，然後快閃東京，一次旅程，滿足兩個願望！

然而，旅程結束回到香港後，因為有了新的見聞和體驗，加上已為卷三決定了清晰的主題，雖然距離死線只有不夠兩星期，卻做了一個更任性的決定，就是在八個故事中，抽起已經或近乎完成的其中三個，然後以極速完成三個全新的故事！

作為一個土木及結構工程系的畢業生，我一向奉行「預製組件寫作法」，將工程學的管理模式變成寫作習慣，一有空就會寫點東西，留待有需要時使用。這次不同的「預製組件」再度發揮作用，例如這一卷的【維多利亞鎮魂歌】，其實是在卷二因為風格不合而被棄用的【銅鑼灣愛情故事】，卻在不斷修改下，變成了由一碗餐蛋麵引發的「幸福聯婚殺人事件」；【新世紀打邊爐福音戰士】和【火鍋女神異聞錄・前傳】都是《打邊爐》系列版未發表的故事，受「飛天意粉神教」（Church of the Flying Spaghetti Monster，或稱 Pastafarianism）啟發的「飛天遁地甂爐神教」，終於正式曝光；【鮮氣女神的愛心種子】卻是為舊角色「鮮氣女神」換上新的面貌，當日跟他對談的神秘男子，更變成了這一卷的主角。

卷二【準備好大吃一場】的延續篇，是其中一個被抽起的故事，本來打算讓「城市記錄員」在這一卷大放異彩，但在不斷更新香港結業餐廳的名單時，開始感到有點納悶，而且疲於奔命，故此決定只記錄較為重要的事物，例如將6月30日結業的九龍灣國際展貿中心寫入【一千零一個開心的理由】，4月30日結業的總統戲院則寫入【維多利亞鎮魂歌】，嘗試以不同類型的故事記錄屬於香港人的集體回憶。

【飲勝！】和【好嘅一餐，唔好嘅又一餐？】是這一卷最後完成的兩個全新故事，雖然說是全新故事，但其實早已有完整構思。

【飲勝！】的主角「啤酒妹」，其實早已在《打邊爐》系列【獅子山下的一鍋春水】裡登場，本來被她掌摑的乃是火鍋店的業主「豬八戒」，但在因緣際會下，她被換上了另一個身份。這個故事本來寫好了的開場和結尾，卻因為「啤酒妹」的全新人設，最終沒有被採用，正好留待下一個故事。

【好嘅一餐，唔好嘅又一餐？】起初並非卷一【天下無不散之筵席】和卷二【人生就是不斷的打邊爐】的延續，而是一個名為【香港味道實驗室】的獨立新故事，講述一班「香港人」在英國「搵食」的溫馨喜劇，是一個以食物相關的中文和英文諺語為基礎，以「文化差異」為主題的「餐飲劇場」，但因為抽起了兩個跟前兩卷有關連的故事，為了保留作為系列的連貫性，加上在快閃台北和東京時知道在外國很難買到青蘿蔔，故此改為現時的表達模式，而且加入了「忒修斯之船」的討論。然而，因為篇幅所限，現時只寫出了我一半的構想，正式演出時，考慮分為上下半場，中場休息後，將會是更精彩的「最後晚餐」！

※

感謝陳明老師的精美封面！感謝讓《回憶中的香港味道3》順利出版的每一位朋友，以及每一位購買了這本小說的讀者，我們一同翻開了香港「飲食文學」的新一頁！

《回憶中的香港味道3》出版後，除了將會有更多不同類型的「餐飲劇場」，我還會舉辦配合《回憶中的香港味道》系列不同故事，像「走讀彩虹邨」和「走讀新蒲崗」的社區美食文化活動，借用【一千零一個開心的理由】的說法，這些都是可以讓我們再次開心的「輕奢之旅」，重點是要將這個城市變回屬於我們的「遊樂場」。

期待透過我的文字和活動，為大家帶來更多有關「香港味道」的嶄新體驗！

何故

2024年7月2日，「走讀彩虹邨」翌日。

回憶中的香港味道 3

系　　列：飲食文學
作　　者：何故
出　　版：一品娛樂有限公司
編　　輯：莉莉絲
美術設計：此時此刻製作公司
承　　印：新設計印刷有限公司
香港發行：一代匯集
地　　址：九龍旺角塘尾道 64 號龍駒企業大廈 10 樓 B & D 室
電　　話：(852) 2783-8102
傳　　真：(852) 2396-0050
市場策劃：SONIC BUSINESS STRATERY COMPANY
電　　話：(852) 5702-3624
出版日期：2024 年 7 月初版
定　　價：港幣 128 元正 / 新台幣 380 元正
國際書號：978-988-16661-6-1
圖書分類：(1) 流行文學 (2) 飲食文化

Published & Printed in Hong Kong